JN067479

京都通信社

楽しくない体

事故で半身不随になった男の決意と消えぬ夢

近藤敏明 著

謝辞

まず、これまでお世話になった方がたみなさんに、「ありがとうございました。おかげさまで、障碍者になってからも充実した人生を送っています」とお伝えしたい。

第二の人生がはじまるころ、これまでお世話になった方たちに、ただ「引退しました」だけの挨拶状を送りつけるのでは失礼ではないかと思うようになりました。「どうしたものでしょうか」と原田憲一先生に相談したところ、「本にしたら」との提案をいただきました。

「おもしろいかもしれない」と取り組んだのが約１年前、書き方の本を数冊買いこみ、わずかな知識で書きはじめた文章は、取り留めのない話に終始してしまいました。

しかし、一貫してお伝えしたかったのは、感謝の気持ちです。ぼくが障碍者になったことで心の負担をかけてしまったにもかかわらず、ぼくをつねに見守り、気にかけてくださったたくさんの人たちがいます。ぼくを気球に誘った鮨屋のオヤジの板垣典和さん、原田先生、これからも大工仕事ができる望みをくださったお客さま、それに「なにをいっても、どうせダメだろう」と諦めつつも、ついてきてくれた妻のいく子には、いくら感謝しても余りあります。

ありがとうございます。

2023年6月 吉日　　近藤敏明

はじめに

「熱気球で大空に飛び出す」という夢の世界に誘いを受けたぼくは、躊躇なくこの世界に飛びこみました。初フライトは、国内のスカイ・スポーツのメッカともいわれる渡良瀬遊水地。一時間余りの初飛行の感動は、いまも忘れられません。

広大で豊かな自然環境に恵まれた日本最大の遊水地は、足尾銅山鉱毒事件を起こした鉱毒を沈殿させ無害化させるために栃木県の渡良瀬川下流を中心に整備されました。日本で最初の公害事件を生んだ反省、自然破壊の戒めからか、自然を保全し自然と触れあう場として、いまはラムサール条約登録湿地です。

そんな渡良瀬遊水地を、球皮に吊り下げたバスケットから風に流されながら下方に望みます。羽田空港二個ぶんにあたるという敷地と、ハート型の谷中湖とヨシの群生地が目に飛びこんできます。構造物はほとんどありません。

エンジン音はしません。たまに聞こえるのは、高度を上げるために気球の空気を温めるガス・バーナーの「ブォー」という音だけ。自然の原理でただ宙に浮いているあいだは、ほんとうに自然と一体となっているかのような時間が流れます。

気球を離陸させるまでの作業は、四、五人がチームになって無駄なく進みます。その間にも専門用語が飛び交い、みんなで意思疎通をはかっています。一人ひとりのきびきびとしたその力強い動きとともに、布製の球皮は空気と熱気で少しずつ気球の形をなします。その豪快さと迫力に、「洗練された贅沢な遊びだな」と実感させられます。

地上で気球の形が整うと、いよいよ搭乗、一〇センチ、二〇センチ浮き上がるだけで、地面から解放された感触を身体全体が感じます。すでに夢の世界に到達しています。

上空から見る光景は、気球の迫力を一段と感じさせるものでした。周辺でフライトしている色とりどりな気球の光景は、気球の写真集のカメラと同じ目線です。あの優雅な光景は、だれもが気球に乗ってみたい、経験してみたいと夢見るのはあたりまえです。この光景と感動の記憶は、気球遊びの結果、重度の障碍者になったいまも変わることのない宝物です。

その後、地元山形でのフライトは、見慣れた山、川、田畑、道路を上空から眺めることになります。あたりまえのことですが、通学や通勤で通いなれた道は「地図のとおりにできているんだ」などと、子どものように感心したものです。

上空で目を水平にもどすと、地上から眺めていた蔵王山、月山、遠くは朝日連峰ま

でが雄大に、しかも立体的に迫ってきます。これまで経験したことのない視点で、故郷と日常の暮らしの場を眺めるというのは、体験した者にしか味わえないものです。すべてが新鮮で斬新な感動です。

スカイ・スポーツというカッコいい響きの遊びは、きつい、汚い、危険が隣りあわせの3Kの遊びでもあります。夢のある遊びに夢中になっていたある日、全国紙を騒がせるほどの大きな気球事故を起こし、ぼくは取り返しのつかない重度の身体障碍者になってしまいます。気球界はもとより、多くの方に迷惑をかけてしまいました。

その先に待ち受けていたのは、だれの目からみても、生きてゆくには困難だけしか見当たらない人生でした。

それでも、アドバイスや支援をしてくださる方たちが現われます。将来の夢や目標を失っていたぼくは、もう一度社会に復帰する機会をいただいていると勝手に思いこみ、決断します。「社会復帰して、働いて納税者になる」、そのうえで「もう一度、気球に乗る」と決めたぼくは、その目標に従って計画をたて、行動をはじめました。

救急病院でのリハビリは、日常生活を一人で行なえるまでに復活することを目標にしました。食事、排泄、身だしなみを整える整容に加え、仕事をするうえで必要な機能を復活させるには全身起立や指の訓練は欠かせません。それに、社会に出て働くには精神的な強さが必要です。ぼくは周囲の人たちに迷惑をかけるような反則を犯してまで、入院中からリハビリにチャレンジしました。

その後、名古屋のクリニックで必要な体力を養ったうえで渡米。アメリカのリハビリ施設でほぼ四か月の治療を受けました。社会に出れば必ず求められる「働く責任感と継続する心の強さ」を身につけて帰国しました。

ぼくの当初の目標は、アメリカのシンガー・ソングライターで絵本作家のシェル・シルヴァスタインの『ぼくを探しに』のように、完全な体をめざすことでした。

何かが足りない
それでぼくは楽しくない
足りないかけらを
探しに行く
ころがりながら
ぼくは歌う
「ぼくはかけらを探してる

足りないかけらを探してる
ラッタッタ　さあ行くぞ
足りないかけらを探しにね」
（倉橋由美子訳）

しかしある日、「人は不完全のままでいいんだ、不完全だから前に進むことができる」ことを知ります。そして、以後の体は不完全なまま、事故から一年九か月後、重度の障碍をかかえたまま社会復帰をはたします。「第二の人生」のスタートです。

「障害者」あるいは「障がい者」と書かれることが多い人たちのことを、ここでは「障碍者」と記しています。同じことを表現しているようですが、それぞれの国や地域には社会的弱者への視線や文化、歴史的背景、個人的な体験や考え方の違いが存在します。日本での「害」は、国語辞典によれば、傷つける、じゃまをする、損なう、災いなどの意味になります。「障」も、妨げる、じゃまする、妨げることを意味します。いずれも、否定的な、間違うと人間として不完全な存在であるかのような「者」が、障害者です。

一方で、「碍」は平安時代から使われていました。中国でも、この字を使います。目の前を遮る大きな障壁があるとき、それをどう乗り越えるかを思案している状態を意味します。障碍者になった当初のぼくの状態そのものです。

障害と書かれることが多くなったのは、戦後に当用漢字が決められて、「障害」に統一されたことが契機だということです。

このところのアメリカでは、日本でいう障碍をバルネラブル(Vulnerable)またはボーナブルといいます。障壁とともに生きる人という意味が込められています。状況によって、だれもが経験する障壁です。道に迷って困っていたり、だれかのちょっとした支えが必要だったりする「状態」のことです。「特別なニーズのある子ども」とも表現されます。

ぼくがこの言葉を知ったのは、リハビリで渡米した四四歳のときでした。障害の字に特別な感情がなかったころで、「へぇー、いい表現だなあ」くらいにしか感じていませんでした。しかし、二〇〇二年一〇月に日本で初めて開催された「第六回DPI世界会議札幌大会」に山形県代表で参加してから、ボーナブルの表現が心に残るようになりました。

ただし、DPIのDPはディスエーブル・ピープルの略で、「できない人たち」のインターナショナルの組織です。ちなみに、ディスエーブルは、イギリスでもアメリカでも一般に使われます。「無効にする、無能力にする、停止させる、失格にする」などが基本的な意味です。ボーナブルとは少し距離があります。

ともかく、原稿を書くなかでぼくはこの「碍」の字に出会い、調べてみると障碍者についてのぼくの感情とピッタリな表現だったことから、この字を使うようになりました。

地元山形にもどって働きはじめたぼくは、工務店事業だけでなく、障碍者支援の組織をたちあげました。これを契機に各地の障碍者と交流できたことで、あらためて障碍者の社会参加の必要性を感じることになります。

当時の政治は老人問題に焦点が当てられ、二〇〇〇年からは介護保険法も施行されます。しかし、当時の介護事業所のそれぞれのサービスの質には大きな格差を感じました。介護事業所のサービスを調査し、公表すれば新たに利用される方の参考になるだろうと感じたのです。そこで、同じ考えをもつ人たちとＮＰＯ法人をたちあげ、介護事業関連の業務に手をつけます。

一方の工務店事業は、なんとか仕事に復帰したものの、現状のまま経営することに限界を感じていました。そういうところで、またまた大きな転機を迎えることになります。二〇一一年三月一一日の東日本大震災です。

直後から被災地の沿岸各地を視察し、数えきれないほどの流出した住宅跡地を見たぼくは、一つの結論に至ります。「住宅建築の考え方は、こんごは間違いなく変わる」ということでした。その後のぼくは、軸足をふたたび住宅建築におき、これに専念することになります。

重度の障碍をかかえたまま工務店をつづけたぼくの第二の人生は、じつは体調と精神力とのバランスの闘いでした。ぼくの体は、しだいに異変を生じるようになります。命の危機を三度も経験することになりますが、そんなときも多くのみなさんのご支援をいただいたことで、ほんとうに力づけられました。

おかげさまで充分に満足した人生を送り、事業者としての定年を迎えることができたと思っています。そして、もっと輝けるであろうぼくの「第三の人生」が待ち受けていると信じていることも、お伝えしておきます。

以下の本文は、そういうぼくの半生記です。ここまでぼくをご支援いただいたみなさんへの報告であり、障碍者だってやれるんだという主張であり、みなさんに夢や目標、目的をもって生きることのたいせつさに気づいてほしいという希望と願いとをまとめたものでもあります。

ともかく、いただいた多くのご支援でぼくが得たものを、同じように支援を求めている方たちにお返しすることが、いちばんの恩返しだろうと考えています。これからも障碍者支援をつづけることをお伝えし、約束したいという気持ちが、この本を書くきっかけになったのです。

もくじ

楽しくない体
事故で半身不随になった男の決意と消えぬ夢

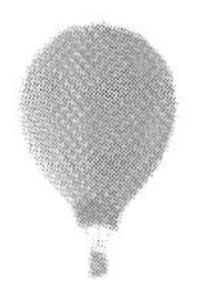

第一章

人生の転機――一瞬にして障碍者になる

熱気球事故

岩出山熱気球競技会は強風で中止

強風下での離陸

想像以上に悪いコンディション／放りだされた身体をバスケットが叩く／空は眩しいほど青かった

人生の第二ステージの開幕

宮城県の事故現場から山形の病院へ

適切な支援と外科医ならではの機転

救急車の中で考えたこと

熱気球事故

宮城県大崎市岩出山の町を流れる江合川(えあいがわ)の河川敷にある岩出山町江合川河川公園において一九八六年一月一日以来開催されてきた「岩出山バルーン フェスティバル」。二年間はコロナ禍で自粛していたものの、二〇二二年一一月一九日、二〇日の両日、第三五回大会として開催されました。日本各地から参加した二〇チームの色とりどりの気球が、三年ぶりに大空に舞いました。大会の名称は、伊達政宗が本拠を置いていた岩出山町が大崎市と合併したこともあって、第三〇回からは「大崎バルーン フェスティバル」と改称されています。

岩出山熱気球競技会は強風で中止

仙台市の北五〇キロメートルほどに位置する宮城県岩出山町でのフェスティバルの一環としての競技会に、ぼくたち「山形熱気球クラブ(山熱)」は一九八九年から参加していました。事件が発生したのは、その五年目の一九九三年一一月七日、競技会二日目でした。

江合川河川敷から川の上流にむかえば、まもなく「こけし」で知られる名湯「鳴子温泉」と鳴子ダムがあります。年齢や四季を問わず楽しむめる自然環境に恵まれています。高圧線などが高

くそびえることもないし、航空機が頻繁に飛び交う航空路からも離れています。ほどよい南西の風が岩手山の方向から吹き、気球を田畑が大きく拡がる大崎市の安全な着地点へと運んでくれます。

この日の競技会は、強風のために主催者から中止の発表があり、フリーフライト（自由飛行）をするかどうかは各チームの判断に委ねられました。飛行は、パイロットの自己判断に任されるのが通例です。

気球のフライトは、気象状況に大きく左右されます。この日のように風が強いときは無論のこと、霧が深いなどの視界を悪くする条件があってもフライトはできません。最短でも三〇〇メートル以上先の電線なども目視できる有視界飛行が可能な状態であることが、フライトの必要条件とされます。

雨が降っても、球皮は布の素材でできているのでフライトはできません。天気のよい日中もフライトできないなどの制約もあります。天気がよいと上昇気流が激しくなり、その影響を受けやすい気球は着陸が困難になるからです。

この日の競技が中止になったことで、「フライトせずに、朝風呂にでも行こうか」なんていうチームもありました。それでも、次つぎとフライトをはじめるチームもありました。そんななか、山形熱気球クラブもフライトすると決めて、準備に取りかかりました。

熱気球のフライトは、機長であるパイロットの判断に委ねられます。気球のフライトは危険を伴うからです。それでも、お客を乗せる仕事ではありません。趣味です、遊びです。判断の責任は、おのずと社会人である当人にあります。このときの機長、パイロットはぼくでした。

山形熱気球クラブは、この年に創部一〇年を迎えていました。こういう競技会に出場できるまでの機材をそろえ、パイロットを育て、東北各地で開催される競技会やバルーン フェスティバルなどに参加しはじめたのがその五年前でした。

強風下での離陸

多少の風はありましたが、ぼくと山形熱気球クラブのメンバーの二人でフライトすることにしました。同乗者の整形外科医の設楽正彰さんと地上班のスタッフで、飛行準備をはじめました。熱気球のパイロット資格のある二人が乗るということで、ぼくに安心感と気のゆるみがあったのかもしれません。地上風は強いというほどでもないと判断して、山形熱気球クラブの「E-NASS号」（イーナッス）はテイク・オフしました。

熱気球は、球皮の大きさによって搭乗できる人数が決まります。七〇キログラムを一人の重量の目安として計算します。E-NASS号は、数ある気球のなかでもいちばん小さいサイズで、一五八〇立米の大きさで、搭乗者は三人が限度です。大きいサイズであれば、二五〇〇立米を超えるものもあります。観光地で見かける観光用の気球は、それよりもまだ大きく、アフリカ

のサバンナの観光用気球はとくに大きいと聞いています。

大きさによってなにが違ってくるのかといえば、車にたとえるならスポーツカーとワゴン車の違いというたとえがわかりやすいと思います。大きさは違っても気球操作の基本に違いはありませんが、小さい気球はちょっとした操作にも、微妙に反応します。

想像以上に悪いコンディション

上空に昇るにつれ、風は強くなってきました。さすがに、「早めにランディング（着地）しよう」と決断しました。このころ、同じ競技会場から離陸した気球のうちの二機か三機かが、すでに気球事故を起こしていました。強風が原因であることは明白でした。

着地しようと周辺を見渡すと、気球はすでに荒雄岳方向からの谷間の風を受けて一二キロメートル以上も南東に流されて、古川市街（現在は大崎市）の上空に達していました。このまま飛びつづけて市街地を超えれば、田んぼの拡がる田園地帯です。そこをランディング地点と決め、着地の準備をはじめました。

放りだされた身体をバスケットが叩く

少しずつ球皮内部の熱気を抜いて下降し、無事着地した瞬間です。強い地上風にあおられて気球は横倒しになり、ぼくは籐を編んだバスケットの外に放りだされてしまったのです。バスケットの籐の編み目は本来、着陸時の衝撃を吸収するクッションを果たすのですが、計器やボンベなどを積んで重くなったバスケットが外に放りだされたぼくの身体にのしかかり、覆いかぶさってきました。それが通り過ぎた瞬間、ぼくの体は一回転して全体を強く打ちつけられたのです。

事態はそれだけでは終わりませんでした。次の瞬間、まだ熱気をいくらか残していた気球は、ふたたび急激に四、五メートルも上昇をはじめたのです。風にあおられ、ひしゃげた気球が、低空を飛び去る光景が目に入りました。

その後のぼくは、どうなったのかも確認できないまま、ただ仰向けに倒れていました。どのくらいの時間がたったのか、記憶にありません。幸運なことに、同乗者の設楽さんもパイロット資格をもっていたことから、気球はまもなく無事に着地できました。

バスケットから放りだされたぼくは、広い田んぼに一人、仰向けの状態で横たわったままでした。ひしゃげた気球が低空で風に流されている光景を見て、「リップラインを引いてー」と懸命に伝えようとするのですが、声は出ません。リップラインというのは、気球内の熱気を球皮の天頂部から逃がす弁を開くロープです。うまく熱気を逃がすと、ゆっくりと着地することになります。

気球の着地は、本来はソフト・ランディングを理想とします。しかし、この日のように気象状況が変化しやすいと、ときにはハード・ランディングになることもあるのです。

空は眩しいほど青かった

田んぼに転がっているぼくは、頭は感じるのですが、首から下の体がどこにあるのかもわかりませんでした。この状態を察知し、まもなくぼくは理解しました。本能です。声にならない声で最初に発した言葉は、いまも覚えています。「アーッ、俺の一回目の人生は終わった！」でした。このときは涙も感情もなく、上空はまぶしいくらいの青空だったことだけを覚えています。

その後の記憶はありません。気がついたときは、ぼくの周りを数人が囲んでいました。

ぼくが障碍者になった、瞬間です。

人生の第二ステージの開幕

このときはけがの重さの自覚はありませんでした。ましてや、このあと山形熱気球クラブのみなさん、大会関係者、日本気球連盟、家族、社員、お客さま、そのほか数え上げたらきりがないほど多くのみなさんに迷惑をかけてしまうことになろうとは、微塵も考えていませんでした。それでもぼくは、「一回目の人生は終わった！」と本能で言葉を漏らしました。

当日のフライト記録を見ると、一九九三年一一月七日七時二三分テイク・オフ、飛行時間四二分、最高高度五五〇フィート（一六八メートル）、距離二〇キロメートルと記されています。

事故の責任はすべてぼくにあります。なによりもフライトを決断したのはぼくだからです。技術不足、知識不足、判断ミスで事故を起こしたのはぼくでした。

宮城県の事故現場から山形の病院へ

事故後の妻への連絡は、山形熱気球クラブ会長の原田憲一さん（一七四ページ・コラム参照）の奥さまの真知子さんと、整形外科医の設楽さんの奥さまからでした。二人の奥さまにすべてを仕切っていただいたようです。ぼくの妻は看護師なので、くわしく話をすればたくさんのことを読み取ります。車を運転する妻が自宅から病院に向かう途中で事故を起こす可能性も考えられたことから、なおさら気を遣っていただいたようです。

事故後の記憶は曖昧です。同じ競技会に参加していた五所川原消防飛行隊には、緊急事態を伝えて救急車の手配をしていただきました。チェース・カーには、日常業務で使用する緊急用無線を備えていました。チェース・カーは気球に必要な機材すべてを積載し、気球が離陸したら上空の気球と無線で交信しながら気球を追いかけて、着地地点で人と気球を回収する車です。

適切な支援と外科医ならではの機転

広大な田んぼが拡がる大崎平野での事故でありながらスムーズに救急車が到着できたのは、気

球仲間の冷静で的確な判断のたまものでした。

救急車で搬送されるときも、ぼくの記憶は曖昧です。到着した救急車には、ともに気球に乗っていた整形外科医の友人、設楽さんが同乗してくれていました。彼はまったく無事でした。

救急車は当初、現場に近い当時の古川市民病院に向かう予定でした。しかし、設楽医師から説明を聞かされた古川市民病院の担当医は「ここでは対応できない」と判断されてか、いったんは仙台市の東北労災病院に東北自動車道で向かうことになりました。

しかし、同乗の設楽医師はその途中で、「山形県立中央病院に向かえ」と救急隊員に指示したのです。県立中央病院には設楽医師の知りあいの整形外科医がいること、入院後の対応などを配慮しての判断でした。東北自動車道の仙台を過ぎて山形自動車道に入り、山形市に向かう道です。一〇〇キロメートルを少し超える距離です。それでも医師から指示されれば、救急隊員は従わざるをえないようです。

このとき知ったのですが、救急車といえども、警察車両と同じく県境を越えないのが決まりだそうです。ぼくたちは、宮城と山形との県境に近い山形蔵王インターチェンジで、山形県の救急車に乗り換える段取りだったようです。ところが、またもや設楽医師は、「このまま病院まで直行！」の一言。待機していた山形県の救急車をそのままに、宮城県の救急車で山形県立中央病院までノンストップで運ばれました。

救急車の中で考えたこと

宮城県でけがしたにもかかわらず、一気に地元の山形県立中央病院まで搬送されたことで、このあとおおいに助かったことはいうまでもありません。ぼくの事態は急を要していたのです。このときのぼくは、自分の状態の心配もさることがながら、設楽さんの機転をなんと心強く思ったことか。いま考えても、ただただ感謝しかありません。

山形県立中央病院に到着するまで、一時間半ほどはかかったと思います。この間、重大事故にもかかわらず、それほど多くのことは考えていなかったように記憶しています。「このあとどうなるだろう」と考える余裕がなかっただけのことかもしれません。

そういうなかで、考えていたのは一つだけ。妻のいく子のことでした。「奥さんには連絡を入れておきましたよ」とは救急車の車内で聞いていたのですが、ぼくのけがの内容がどのように伝わったかまでは知らなかったので、「車で病院にくる途中で事故を起こさなければよいが……」、そのことだけを考えていました。

第二章

人生の第一ステージ

親の期待どおりの生いたちと気概

大工になって稼いで好きなことをしたい／放課後は刑務所の道場に直行

尊敬する親父に弟子入り

将来にそなえて親父の技を盗む／よく働き、よく稼ぎ、仲間をつくる／旅先で建築と人の暮らしぶりを学ぶ

ユースホステルの精神と仲間たち／「カニ族」の一人旅はいつか家族旅行に／一生の財産／出稼ぎ先は相模原市の工務店／夜の流しに米兵との賭け／仕事する心を拡げてくれる

妻いく子との結婚

父親の死と独りだち

棟梁としての自覚／組織と態勢づくりに励む／「株式会社 建装」の誕生

親の期待どおりの生いたちと気概

生いたちを書こうとしても、小学校に入学するまでの記憶がありません。孫の怜や彩乃と話をしていると、幼稚園のころの話をしてくれることがあります。「孫はよくも覚えているものだな」と感心します。

そんなぼくは、戦後復興がはじまったばかりの一九五〇年、田園地帯が拡がる山形市北西部の成安で、三人兄弟の長男として生まれました。親父の近藤啓一は大工、母は少しばかりの農業。二年間だけでしたが、祖父母とも暮らしたようです。

大工になって稼いで好きなことをしたい

親父は穏やかな性格で、大工としての腕のよさは近隣でも評判でした。芭蕉の「閑(しづか)さや 岩にしみ入る 蝉の声」の句で知られる山形市山寺や蔵王温泉の旅館やホテル、地元の中学校の校舎などの建設では、棟梁として多くの大工さんを束ねていたようです。母は少し自己主張の強い性格で、小・中学生のころからいつも「勉強しろ」と怒られていました。親父からいわれたことはありません。

体が大きく丈夫で勉強嫌いなぼくは運動と遊びが大好きでしたが、漫画本も多かったのですが、

本だけは読んでいました。そんなぼくにも一つだけ自慢があります。自分の興味のあることへの探求心が強く、すぐに行動に移していたことです。

小学生時代の遊びは、「自然とともに」がすべてでした。近くに山はなく、蔵王を源流とする馬見ヶ崎川（まみがさきがわ）下流の河原での遊びが中心でした。自生している柳の枝を寄せ集めて骨格をつくり、屋根は葉っぱで覆ってのキャンプは、よき想い出です。

夏は川で水遊び。家の周辺では木の枝に巣くった鳥の卵をとり、太陽に透かして赤くなければ食べる。赤くなっているのはヒナが成長をはじめているので、これは巣にもどす。サバイバルのような遊びです。

中学生になると、おふくろがますます勉強しろとうるさいなか、バドミントンの部活に熱中して県大会まで進みました。しかし、記録に残るような成績はありません。

すでに高校進学は当たり前な時代になっていましたが、ぼくは高校進学を考えていませんでした。勉強嫌いだったこともありますが、一日も早く大工になって稼ぎ、好きなことをして遊びたいという思いが強かったのです。それでも、友だちからも、なんらかの形で進学をしたほうがよいとうるさく勧められ、雇用促進事業団山形総合高等職業訓練校で二年間は実務と一般教養を、その後は働きながら山形工学院で建築学を勉強することになります。

放課後は刑務所の道場に直行

職業訓練校での学校生活では、新しい楽しみも見つかりました。山形市漆山にある山形刑務所です。放課後は刑務所の道場に直行。待ち受けるのは刑務官。柔道と剣道の有段者です。ぼくはどちらも経験がありません。投げられ打たれる一方でしたが、これが楽しい。刑務官もよく相手してくれたものです。現在、部外者は受け入れていないようです。

学校は男子校で、厳しい校則がありました。「全員が坊主頭」、もその一つ。ぼくとほか数人がこれに反発して全校生徒を扇動して体育館に集め、座りこみをしたことがありました。半日で解散させられて目標は達成できずに終わり、先生からは大目玉を喰らうことに。

刑務所の道場通いが楽しかったのは、学校の運動部に入っていなかったこともあって、体をいじめることに飢えていたからかもしれません。それに、人生で初めて大場健司さん（一七九ページ・コラム参照）のような一生

18歳のころに仲間とともに遊んだ蔵王のカルデラ湖、御釜。腰かけているのが筆者。右後方が大場健司さん

つきあえる友人ができ、これ以降の人生を豊かに楽しむことができたのも、うれしいことでした。

尊敬する親父に弟子入り

ぼくが二歳のころから、親父は毎晩酒を飲みながら、あぐらをかいた膝にぼくを乗せ、「お前は大きくなったら俺の跡を継いで、大工になるんだぞ」と、まるで催眠術をかけるようにいっていたと聞かされました。そのとおり、ぼくは大工になる道を選びます。

将来にそなえて親父の技を盗む

催眠術をかけられたぼくは、専門学校卒業後、躊躇なく親父に弟子入りしました。戦時中に焼失した住宅が多かったことから、業界はおりしも住宅（建築）ブームがはじまっていました。ぼくの生まれた一九五〇年は、建築基準法が制定された年でもあります。

当時のぼくに、「新たな出発」のような思いはありませんでした。なぜなら、作業場は子どものころからの遊び場だったからです。「門前の小僧 習わぬ経を読む」ではないですが、この仕事の次はなにをするか、それにはなにが必要かを推測・理解できていました。専門学校卒業時には、簡単な作業もできました。

こうして、大工の基本である道具の作り方、使い方を学校で習得し、学びの場が学校から作業場に変わっただけという感覚でした。そんなことから、新鮮さは感じなかったのです。

よく働き、よく稼ぎ、仲間をつくる

弟子入りにあたり、親父に二つのお願いをしました。一つは、日当で働き、月給で払ってほしいというものでした。当時は、大工になるには師匠のところに寝泊りし、月に四日休みで、小遣いとして月に五〇〇〇円くらいをもらうだけでした。寝て食べて仕事を教えてもらうのだからそれが当たり前、そんな時代でした。しかし、それだけの収入ではもちろん遊べません。当時のサラリーマン並みの月給二万円から二万五〇〇〇円はほしかった。交渉の結果、日当八〇〇〇円で決まり、ボーナスはありません。

二つ目が休日です。休日は月四日でも、働きたければ毎日でも働けて、残業もしたい。それに、「長期休暇も許してほしい」とお願いしたところ、いいぶんは通ることに。

最初の二年間は、家づくりの全体を把握することに懸命でした。山形という田舎でも少しずつ住宅ブームが起こりつつあった時代です。一棟でも多く受注することに力を入れることは、商売として当たり前です。しかし、無口な親父は違っていました。受注を増やして忙しくしたいという考えはなかったようです。営業なしでも不思議と仕事は途切れることなくあったのです。

二年もして仕事の全容を把握できるようになりかけたころ、もう一つ親父にお願いしました。将来、ぼくが棟梁になったときには、大工の仲間がほしい。その仲間をつくるために、よその工務店に稼ぎに行く許可です。大工三年目の若造がほかの工務店に稼ぎに行くなど、あまり例のないことでした。それでも、もちろんＯＫでした。

よそからの給金も入るようになり、ぼくの収入は一気にアップしました。住宅ブームが本格的になって日当が高くなったうえに、上棟式は土日祝日が普通になり、上棟のお祝い金が入ったのです。現在は、日曜日に仕事するとすぐに近所から苦情がきます。

ぼくがいうのもおこがましいのですが、親父の大工としての腕はやはり抜きんでていました。そうして盗んだ多くの技術・知恵は、親父ほどの腕でなくとも、ぼくの工務店人生を支える礎となり、のちのち大きく生きることになりました。

旅先で建築と人の暮らしぶりを学ぶ

社会人になって最初の旅行計画は二〇歳のときでした。二週間をかけて夏山登山をしながら、北海道を一周する一人旅でした。大雪山系の旭岳と稚内の近くにある利尻島の利尻富士に登るのがいちばんの目的で、人気の富良野と美瑛(びえい)を除いて北海道を外回りする計画でした。

山登りはクラブに属さず、友人とは休日があわないことなどからつねに一人。そんなこともあって、その後の北アルプスなどにしても、安全な夏山登山しか経験していません。

旅行目的は、当時から観光地巡りではなく、その観光地の人たちがどんな家に住み、どんな暮らしをしているのかを見て歩くことでした。商店街や住宅街をただブラブラ歩くだけです。観光地に住む住民の暮らしに興味があったのです。

もう一つの目的は、当時流行っていた流行歌『遠くへ行きたい』をそのまま体験することです。知らない土地で、見知らぬ人と話をし、ともに食べて飲む体験をとおして学ぶ、そういう楽しみの実践です。じつは、これがいちばんの目的でした。これはいまも変わりありません。

観光地の人たちは、意外と質素な暮らしぶりで、ふだんのぼくたちの生活と変わりありません。違うとすれば、地元の史跡や文化、観光資源を誇りに思い、大事にする精神です。

では、それをぼくの立場に置き換えてみるとどうでしょうか。地元の特産品のサクランボは自慢で、その田園風景を誇りに思い、大事に考えているかというと、そうでもないのです。サクランボハウスを覆うビニールはうっとうしいばかりで、サクランボ農家の人たちには申しわけないのですが、ぼくには誇りに思えないのです。

ユースホステルの精神と仲間たち

旅先での宿泊はすべて、当時全盛だったユースホステルです。二〇歳のころから年間三〇日か

ら多いときは四〇日ちかくを旅していました。なかでも多く宿泊したのが静岡県の伊豆半島西側にある三津（みと）ユースホステル。お正月やお盆は一週間から一〇日くらいは逗留し、周辺の海岸などで遊んでいたものです。

ユースホステル運動の目的は、青少年が自然の偉大さを知り、自然を愛し、自然を保護することを薦め、各地の文化的価値を認識させることで青少年の教育を促進することにあります。国籍、皮膚の色、宗教、性別、階級、政治的信条による差別をしない宿泊施設を整備し、そのホステルに泊まることで互いが仲間としてよりよい相互理解を深めるというものです。

ぼくもこの運動に賛同して、山形県を代表して全国大会に出場したり、県内のユースサークルに参加しつつ、自分でユースチームをたち上げたりもして、グループ旅行も楽しみました。

ユースの経営者はペアレントと呼ばれますが、三津（みと）ではみんながオヤジと呼んでいました。三津ユースホステルのオヤジは、同じ伊豆半島の東側にある熱川（あたがわ）でミカン園も経営しており、冬休みはミカン狩りのアルバイトも体験したものです。

「カニ族」の一人旅はいつか家族旅行に

その後、結婚したことで、「カニ族」の一人旅は家族旅行になりましたが、現在も年に数回の国内旅行は欠かしません。

「カニ族」というのは、当時の若い人たちの旅行スタイルを指す言葉です。リュックサックは、現在のような縦型ではなく、横に広いタイプでした。横に広いので町を歩くときなどは対向する人にリュックをぶち当ててしまうので、迷惑をかけないように横歩きするしかなかったのです。苦労したのが、列車の通路を通るときでした。席に座っている人の頭などに当ててしまうので、やっぱり横歩きするしか方法がなかったのです。甲羅のようなリュックを担いで横に歩くので、カニ族と呼ばれていたのですが、いまでは死語ですね。

当時は、ブルートレインの寝台特急は「走るホテル」とよばれ、これに乗っての旅行は旅の楽しみの方の一つでした。そのブルートレインの寝台特急は、いまでは高速バスや新幹線、飛行機にとって代わられ、のんびりした旅がなくなりつつあるのは寂しいかぎりです。

一生の財産

海外旅行は、ヨーロッパと東南アジアに何度か行きましたが、それほど魅力は感じませんでした。言葉が話せなかったこともあって、「ただ観光地を回るだけではお金がもったいない」と考えるようになっていたからです。歴史や文化などについての知識が足りなかったからかもしれません。

ほとんどの旅行は一人旅だったこともあって、写真は少ししか残っていません。体験したことと目で見た記憶、それに一生つきあえる友人の水島興次さんや森田盛行さん（一八一ページ・コ

ラム参照）と出会えたことが、最大の財産です。

出稼ぎ先は相模原市の工務店

二一歳のころになると、大工の仕事に自信もついていました。遊び心で「家を離れてみたい」、そんなことを考えて思いついたのが出稼ぎでした。「経験してみたい」だけが目的でしたが、親父は許してくれました。一九七一年ころのことでしたが、出稼ぎは山形ではどこでも見かける光景でした。

四か月間ずつの二年間という短い期間でしたが、この間に多くを体験しました。この経験が、ぼくの人生を助けてくれることになろうとは……。人生、先のことはわからないものですね。

知りあいが紹介してくれたのが、神奈川県相模原市の工務店でした。近くには米軍の補給基地がありました。工務店の親分は山形出身で、大工経験のない人でした。建築業界では工務店のトップは「棟梁」と呼ばなければなりませんが、大工仕事のできない人だったので「親分」と呼んでいました。その工務店には、山形出身の出稼ぎ大工さんがぼく以外にも三人いて、小田急大和駅近くの現場事務所で寝食をともにしていました。

夜の流しに米兵との賭け

そのうちの一人、年配大工の大沼さんと気があい、いろいろ話をするなかで、「演歌専門だが、一〇〇曲くらいならギターの弾き語りで歌える」。大沼さんの若いころ、山形県西村山郡大江町左沢(あてらざわ)に小さい花街があって、そのまん中に大工をしていた実家があったことから、いつのまにか弾き語りを身につけたそうです。

これを聞いて思いついたのは、夜はどうせ暇だし、幸い現場事務所の周辺には多くの飲み屋がある。酒も飲みたい。だったら、旅(出稼ぎ)の恥はかき捨て!「中古のギターを買って、流しでもやろうか」ということで意見は一致。ぼくがお客さまからリクエストをとって、大沼さんが歌い、ぼくが料金を徴収してお店に少しの礼金を払うというものでした。目論見はうまくゆき、一晩に五、六軒も回ると、安い居酒屋で二人が一杯飲めるくらいは稼げました。

現場事務所の近くには米兵がたくさん飲みにくるスナックがあり、ぼくも利用していました。時どき顔をあわせる数人と、ともに飲むようになります。彼らはすぐに賭けたがります。賭博ではありません。酔ったころあいを見計らって腕相撲を仕掛け、負けたほうが飲み代を支払うのです。といっても、いわゆるアームレスリングではなく、伸ばした掌に飲み物をなみなみと注いだコップを乗せ、先にこぼしたほうが負けという賭けです。

このとき飲んでいたのは、ビールとバーボン。バーボンの味を覚えたぼくは、その後のアメリカ生活でも、好んで飲んでいました。飲み終わると、決まって夜中のドライブ。アメリカ映画で見る、車幅が二メートルもありそうなあのアメ車で酔っ払い運転です。ぼくは運転しませんでしたが、「警察に捕まることはない」と彼らはいっていました。

当時のぼくの英語力は、イエス、ノー、サンキューのみでしたが、そこで役にたったのが表情とジェスチャー。このコミュニケーションのやり方は、のちに六か月ちかくを暮らしたアメリカでも、同じように通用したものです。

仕事する心を拡げてくれる

相模原での出稼ぎは二年つづけました。ぼくがいちばん年下でしたが、二年目には少し離れた横須賀市と前橋市の現場を現場責任者として任せられて仕事をする機会がありました。山形であれば、大工になって五年にも満たない職人が責任者になれるはずはありませんが、それほど難儀な仕事ではなかったことから、当時のぼくでも充分に務まったのです。

山形にもどって棟梁になることが当たり前と考えていたぼくには、相模原への出稼ぎはよい経験になったことはいうまでもありません。

給金はいくらだったか思い出せませんが、半分は実家に仕送りして、残った給金はすべて自分に投資していました。飲み代もそうですが、やはり近くの観光地に出かけての街歩きでした。

妻 いく子との結婚

この項目を書くことには、正直いって躊躇がありました。というのも、ぼくが二三歳、妻のいく子二四歳のとき、ぼくたちの結婚を親どうしが勝手に決めてしまい、結果的に結婚するしかないことになったからです。なにをするにも自分で決めたいぼくには、とうてい考えられないやり方でした。まして、一生連れ添う伴侶を自分の意思で決めていないという引け目から、抵抗があったのです。

たしかに、ぼくたちは知りあいではあったのです。ぼくが専門校の一年生、一つ年上のいく子が高校二年生のときでした。下校時に、互いが数人どうしの仲間ですれ違うことがあって、どちらからともなく声を掛けたのがきっかけで、そのうちの一人がいく子でした。当時のいく子は背も顔も小さく、細身で目だけは大きく、しぐさがトランポリンを思わせる女性でした。

いく子とはその後、個人的につきあうようになりますが、現在のようにデートする場所も遊ぶところも多くありませんでした。移動手段は自転車しかないことから、ぼくたちのデートの場はもっぱら近くの山や、「閑(しづか)さや 岩にしみ入る 蝉の声」の俳句が詠まれた山寺などでした。山寺は、

正式名称を立石寺（りっしゃくじ）といいます。遊ぶところがないことから、デートの場所としてぼくがいく子の家に出向くようにもなります。

いく子の家族は村上の姓で、親父の順平さんは郵便局長で、郵政事業に貢献したことで一九八九年には勲五等瑞宝章を日本国天皇から授与されます。和服を専門に着物を縫っていたおふくろさんと、入退院をくり返していた体の弱い八歳上の姉、そして二人の弟の六人家族でした。弟二人とは年もちかいことから一緒に遊ぶこともあり、親父さんとも話す機会が増えたことで、意外なことが判明します。

親父どうしが古くからの知りあいだったのです。しかも、太平洋戦争のさなかに、「軍隊に行くと死ぬ可能性が高いが、会社をつくって軍隊に貢献する軍属になれば給料を得ながら国に貢献できる」と考えた共通の友人の話に乗っていたのです。二人の親は、この誘いに参加して知りあったというのです。軍属として採用された赴任先は、インドネシアのスマトラ島。海軍に所属して現地の人たちを雇い、ぼくの親父は船をつくり、いく子の親父さんは事務を担当。悪だくみを考えて二人を誘った知りあいは社長に就任する、という構図ができたようです。

こうしてデートを重ねているうちに、互いの卒業をきっかけに進路が分かれます。ぼくは地元に残り大工の修業、いく子は東京に出て重度心身障碍児の看護助手をめざして山形を去りました。二人は、山形と東京とに分かれてしまいました。

ぼくの自宅に電話はありましたが、いく子は一本の電話しかない女子寮にいましたから、連絡しようにもいつも混んでいました。寮で暮らす人たちのほとんどは地方出身で、しかも夜の八時以降は通話料金が割引されましたから、一本の電話はなおさら混むことになります。

そんなことで、おのずと手紙のやり取りがはじまります。このときの手紙は、柳行李(やなぎこうり)にいっぱいもの量になりました。

いく子は、その後は看護師をめざして都内の病院に転職し、看護師免許を美濃部東京都知事の名で取得しました。手術室勤務も経験して、やがて山形に帰ってきます。

ぼくが出稼ぎをやめ、いく子が山形に帰ってきて会う機会も増えたある日、妻の親父さんがわが家にきて、ぼくの親父と二人で勝手に結婚を決めてしまったのです。あとになって、そのときに日取りまで決めていたことを知ります。ぼくたち二人も、「まぁ〜いいか」となって結婚します。

結婚式は自宅で行なうのが普通の時代でした。親戚、友人、近所その他に分けて宴会の場を設けて、朝から晩までただただ酒を酌み交わすのです。酔っぱらった勢いで大声を張り上げ、歌うだけの大宴会です。このときのぼくは朝から重曹を飲み、酔わないようにして飲んでいました。

こうして結婚した経緯から、ぼくたちは恋愛結婚であるにもかかわらず、プロポーズをしていません。恋愛中の思い出はあっても、プロポーズの言葉も、その思い出もありません。

今年、二〇二三年秋には、結婚五〇年を迎えます。これまで、少しだけ高い山あり、深海まで

つづく谷ありの結婚生活でした。これまで考えられないほどの苦痛は、それぞれにいくつもあったと思いますが、いく子の添いっぷりには感謝しかありません。このような妻を得られるよう画策し、決断した親父たちに完敗です。柳行李いっぱいの手紙の山は、のちに夫婦げんかをしたとき、腹いせにみんな焼いてしまったそうです。

父親の死と独りだち

一九七六年五月、その日は突然やってきました。親父の啓一は、その少し前に脳梗塞で倒れたあと、一時は日常生活が送れるまでに恢復しましたが、仕事はできないまま、やがて二度目の脳梗塞で帰らぬ人となりました。ぼくが二六歳のときです。

親父はもともと穏やかな性格でしたが、一年三六五日、大工道具を手にしない日はないほどに、物をつくることが好きでした。大工は本業、趣味は絵を描くこと。それに手先が器用で、家具や建具、人形ケースや額縁まで自分でつくるほどでした。わが家で必要な食卓、簡易冷蔵庫からハエ除け、火鉢、机、書棚、下駄箱等々に至るまで、ほとんどが親父の作品でした。現在も数点が残っています。

息子のぼくの口からいうのは少し恥ずかしいのですが、風流なところのある人で、好きでした。

棟梁としての自覚

親父が亡くなってまもなくして仕事の依頼があり、初めて設計、見積り、発注、工程の段取り、施工、引渡しまでを経験しました。なんとかこの仕事をこなした経験が、棟梁として生きる見通しに繋がりました。

先に述べたように、親父は営業活動をいっさいしませんでした。面倒な仕事でも一軒一軒を丁寧に仕上げていたことで、仕事は切れ目なくありました。そのあいだに、ぼくはたくさんの仕事と技を親父から教えられたのです。そうして得た技術や知恵は、のちのぼくの仕事に大きな自信をもたらしてくれたのです。当時のぼくは住宅営業の方法もわからず、結局は親父と同じような考えのもとで仕事をすることになったのです。

いく子の親父さんが集配つきの特定郵便局の局長をしていた当時、その局舎をぼくの親父が棟梁として木造・一部鉄骨で新築しました。ぼくの時代にも、いく子の末弟の村上退介が局長のときに鉄骨の局舎の建築を請け負うことになります。

その後、住宅ブームも去り、ひところ繁盛していた工務店の多くが倒産するなかで、寺や公民館などの仕事もいただけるようになったのは、親父の残した財産、恩恵としか考えられません。そうして二、三人の仲間とコツコツと仕事をしていたころ、親父の時代のお客さまからも仕事を

いただけることになりました。桜井仲次郎さんという有力なスポンサーがついてくれたのです。

組織と態勢づくりに励む

市内有数の資産家である桜井さんからは、相応の要求もありました。「京都のあの寺のこの部分を見てきて、同じ雰囲気につくれ」とか、「この時期にあの寺に行って、この掛け軸を見てこい」、「あそこの床の間のサイズを目で測って、それをこれからつくる床の間の標準にせよ」などの注文は当たり前でした。

そんなことから京都に行く機会も多くありました。京都市北部の周山街道ぞいの山間部にあって、床柱などの杉材で知られる北山杉の産地も見学しました。

木の表面の自然な凹凸の美しさを際だたせている白木の磨き丸太は、若木の段階で枝打ちを重ね、きめ細かい節のない木を育てることからはじめます。その皮をヘラで剥ぎ、最後は素手に砂を付けて磨きあげていました。多くは、床柱として使用されます。すばらしいものを生み出すことに労力を厭わない都の伝統がしっかりと受け継がれ、守られていました。もちろんぼくのことですから、旅先でも遊びと酒にぬかりありません。

桜井さんの身内やお知りあいを紹介していただき、ぼくの仕事の幅は一気に拡がりました。こうして多くの経験を積むことができたことが、ぼくの財産となりました。その後、桜井さんご本人は亡くなられましたが、残されたご家族とのおつきあいは、現在もつづいております。

「株式会社 建装」の誕生

このころは仕事も順調で、住宅だけでなく店舗工事も請けるようになって事業は少し拡大しました。社員も必要になったことから、個人事業から株式会社に改組しました。「株式会社 建装」の誕生です。このころは、つねに独自のライバルを設定していました。「せめてあの会社のレベルまで売り上げを伸ばしたい」、「儲けたい」という想いががんばりに繋がっていたと思います。といっても、自分の器の大きさ、限界も感じていたので、組織をどんどん大きくしたいというほどの願望はなく、「それほど忙しくないほうが、遊びながら仕事をするにはちょうどよい」くらいの思いでした。いま考えると、なんと経営者に向かない人間なんだろうと思います。

以後も、山あり谷ありでしたが、足掛け四一年も経営をつづけることができました。二〇二二年には、M&Aで会社は売れるまでに成長できました。祖父の作太郎が昭和五年、一九三〇年に土木屋として創業した事業は、親父の代に家づくりに変わり、創業からいつのまにか九〇年がたっていました。

現在は、買収していただいたオーナー社が息子の啓太郎を社長に指名してくださって、会社を継いでいます。息子も、ぼくと一緒に仕事をしていたときよりも生き生きとしているようです。

第二章

熱気球との出会い

心を鷲掴みにした熱気球

こんな言葉をかけられたら、あなたはどう答えますか。「一度は空を飛んでみたい、を一緒に叶えませんか」。ぼくは即答しました、「やる！」。鮨屋のオヤジ板垣典和さんの誘いです。息子より長いつきあいの鮨屋の大将のことを、ぼくはオヤジと呼び、オヤジはぼくを「おんちゃん」と呼ぶ仲です（一七二ページ・コラム参照）。

ぼくがめずらしいものが大好きなことをオヤジは承知のうえで誘っています。これが数年後、ぼくの人生の大きな転機になるなんて、同じ夢でも「夢」にも思いませんでした。当時のぼくの心はウキウキ状態だったのです。

ラムサール条約に登録され、茨木、栃木、群馬、埼玉の各県に接している渡良瀬遊水地が、ぼくの初フライトの現場です。一九八五年八月五日、一時間三分のフライト体験でした。その後のぼくが熱気球というスカイ・スポーツにますますのめりこんだことは、いうまでもありません。

熱気球とのつきあいは事故後もつづき、二〇年の長期にわたります。パイロット資格も、パイロットの資格審査を行なうインストラクターの資格も取得し、山形市にできた東北芸術工科大学のバルーン部の顧問など、活動の範囲は拡がります。

空を飛ぶという夢

遊ぶにはお金が必要です。熱気球の場合だと、バスケット（ゴンドラ）、球皮、バーナー、ガスボンベ、消火器、気球に風を送るインフレーター（大型扇風機）、それに携帯電話のなかった当時は上空と地上との連絡のための無線機、その無線機を使用するためのアマチュア無線免許も取得しておく必要がありました。

そういう機材を運ぶ車も必要です。運搬用のレンタカーは高額なので仲間のメンバーから普通車のトラックを借りることにしても、機材を揃えるには当時で三〇〇万円から四〇〇万円が必要でした。わがクラブでも四〇〇万円以上かかったと記憶しています。

装備を揃えても、一人では遊べません。最低四人、できれば五人が必要です。人材集めもたいへんです。われわれのような社会人チームのフライトは、主に日曜日に集中するからです。たまの日曜日くらいは休みたいのは当たり前です。しかも、フライトは日の出とともに開始します。そのようなことから、機材と同じく、人材も貴重な遊びの必要条件であります。

必要な装備と人材

熱気球は、外気温と球皮内との温度差を利用して飛行します。実際には、バスケットのフレームに吊るしてあるバーナーでバスケットに積み込んだプロパンガスを燃やして球皮内の空気を暖めることで、気球は上昇します。焚火の煙や燃えカスが空高く舞い上がるのと同じ原理です。お風呂の湯の対流現象も同じです。

同じようにゆっくりと大空を飛ぶ「飛行船」と「熱気球」とは、飛ぶ原理も構造も違います。一九三七年に、ドイツの硬式飛行船「ヒンデンブルク号」がアメリカのニュージャージー州の海軍飛行場で爆発・炎上して、乗員・乗客など三六人が死亡し、たくさんの人がけがを負う事故がありました。一九一二年のイギリスの豪華客船タイタニック号沈没事故、一九八六年のスペースシャトル爆発事故とともに、二〇世紀の世界を揺るがせた大事故の一つです。飛行船時代に幕を降ろすきっかけとなった事故です。

この飛行船の特徴は、浮揚用水素ガス袋と船体構造とを分離した点にありました。従来の飛行船はガス袋そのものを船体としていたことから変形しやすく、高速飛行ができなかったのです。これに対して硬式飛行船は、アルミニウム合金で多角形の横材などの骨格をつくり、それを張線で補強し、その上に麻や綿布を張って流線形の船体を構成しました。

こうして、ガス袋は横材のあいだに収めたものの、浮力を生むガスにはやはり燃えやすい水素を使用していました。このことが爆発に繋がったのです。

1989年2月12日、渡良瀬遊水地でのイーナッス号の初フライトの準備中。
バーナーをチェックする原田さんとシャンパンを抜く筆者、右端は板垣さん

気球はなぜ舞い上がるのか

気球の球皮は主に軽いナイロンやテトロン製で、小さな気球一機でも九〇キログラム前後の重さがあります。拡げると縦に二〇メートル以上になります。気球を飛ばすには、この球皮をまず田んぼや河川敷の緑地に拡げ、大きく展開します。この作業には最低四人が必要です。

パイロットは、エンジン付きの送風機であるインフレーターで、横にした気球の下端の丸い口から空気を送りこみ、少し膨らんだころを見計らってガスバーナーで熱した空気を気球内部に送りこみます。球皮をゆっくり膨らませるのです。バーナーに近い部分には、不燃性の布を使っています。

バーナーからの熱風の温度は、ガスを送りこむレギュレーターで調節します。人手があれば、一人がインフレーターだけを担当します。気球を展

開してから、おおむね一五分から二〇分で気球は立ち上がります。

フライトまででいちばん重要なのがこの作業です。チームの息があわなかったり、横風などが強く吹くと、下部の不燃布を燃やしたり焦がしたりすることもあります。家庭用コンロの一〇〇〇倍以上もある火力は、やはり威力があります。

気球に取り付けるバスケットの多くは籐製ですが、アルミ製のものもあります。現在のぼくのような車いすの障碍者でも乗り降りできるように、扉を付けているものもあります。バスケットは、カナビラで気球に装着します。バーナーやガスボンベ、高度計、コンパスなどの計器類一式、それに無線機もバスケットに積みこみます。バーナーは熱を無駄なく活用できるよう、開口部のすぐ下に装着するようになっています。

球皮には、離着陸時に気球の動きをコントロールするクラウンロープという太い紐があり、力のいちばん強い人がこの操作を担当します。熱気が一か所にたまることなく、球皮の下部の開口部から天頂部までまっすぐに上昇し、気球が立ち上がりきるまでロープを操作します。熱気を開口部から気球内部に送りこむ作業を見守ることも重要な役割です。

気球の天頂部の球皮には丸い穴があけてあり、そこを内側から布で蓋をしています。リップパネルという排気弁です。そのリップパネルの開閉は、球皮からぶら下がっているロープ状のリップラインを使って、バスケットの中から操作できるしくみになっています。このラインを引くとリッ

国際気球大会に集まった色とりどりのバルーン

プパネルは開きます。熱気を逃がすことになりますから、気球は降下します。リップラインを引いた手を離すと、熱気の内圧で自動的に蓋は閉まり、ガスを焚けばふたたび上昇します。

無事に球皮が立ち上がると、いよいよ離陸です。ここで再度の確認、ブリーフィングをします。楽しむフライトなのか、パイロットを育成するフライトなのかなどの目的・目標も確認します。安全な飛行を楽しむ基本です。

副操縦士、コパイロットの

ことを略して「コパイ」と呼ぶのが慣わしです。そのコパイとパイロット、それに地上班との役割分担も確認します。上空と地上との意思疎通に欠かせない五万分の一の地図と無線機の点検も重要です。携帯電話が一般に普及していなかったころは、無線機は欠かせないものでした。同じような確認は、離陸準備前にも行ないます。飛行中になにかあれば重大事故に繋がりかねないからです。念には念を入れるのです。

いよいよ大空に

いよいよ飛行です。楽しむだけのフライトであればパイロットは別にして、「すごい！　宙に浮いている」などとはしゃぐことができますが、パイロット育成のためであれば、コパイはパイロットやインストラクターに気球操作の指導を受け、パイロット資格を取得できる技術を習得します。パイロットはインストラクターとしての飛行試験をパスする前の段階です。フライトに必要な知識である気球のしくみと操作技術、プロパンガス、ガスボンベ、消火器、無線機などの特性、天気図、地図、ノータム（フライト届出書）なども理解できないといけません。

パイロット資格を得たのちは、新しいパイロットを育てる重要な役目を担います。パイロットに男女の差はありません、女性のパイロットも多くいます。

球皮内と外気との温度差が浮力の源泉

バーナーの火力は、家庭用コンロの一〇〇〇倍以上あります。プロパンガスのボンベは内容量二〇キログラムのアルミ製で、総重量は三四キログラムほどになります。バスケット内にはこのボンベを三、四本固定します。気球のサイズと搭乗者数にもよりますが、二〇キログラムのボンベ一本でおよそ三〇分前後のフライトが可能です。気球の高度は、バーナーの火力を強めたり、弱めたりすることで調整します。

プロパンガスは気体ですが、圧縮することで液化させ、体積は二五〇分の一になっています。しかも、温度はマイナス四二度にまでなっています。バーナーから出たガスに直接触れると、人の皮膚は低温やけどをしますから、バーナーの操作時には作業用皮手袋を装着します。家庭に届けられるプロパンガスも同じ液体ですから、扱いには気をつけてください。

服装は普段着でよいのですが、できれば汚れてもかまわない作業服にしてください。でも、そういう服装の人は、ほとんど見受けません。ジーンズなどのカジュアルな服装の人が大半です。時期にあった防寒着も欠かせません。上空は気温が低く、風に吹きさらしの状態になるからです。靴にしても、このごろはスニーカーの人が多いようですが、長靴がベストです。

飛行シーズンは、田んぼの刈取りが終わる晩秋から、田起こしがはじまる早春まで。気温が低く気流が安定している夜明けを待って離陸します。外気温が高い夏の時期は、外気と球皮内の温度差をつくるまでに多くのエネルギーが必要です。つまりは燃費が悪く、長く飛べません。それに、高温になった球皮内の空気はナイロンやテトロン製の球皮を痛めやすいことから、フライトは控えるようにするのです。きつい日差しも、球皮の敵です。

風速四、五メートル以上の強風になっても飛びません。太陽が昇って地面を温めることで発生するサーマル（上昇気流）も大敵です。サーマルに巻きこまれると、気球の熱気を少々放出しても気球は降下しません。大空の鳥たちが羽ばたくことなく旋回しながら上昇し、飛びつづけられるのは、このサーマルを利用しているからです。

しかし、この状態が長時間つづいて気球がサーマルから外れると、気球は浮力を急に失って急降下することになります。重大事故に繋がりやすくなります。

雨も、球皮の大敵です。球皮は濡れると、生地が重くなるからです。雪や霧、あるいはカミナリ雲が発生しても、フライトは控えます。

飛行機とのニアミスも経験

熱気球には、飛行船とちがってエンジンや方向舵がありません。飛ぶ方向は自由に決められないのです。すべて風まかせ。実態は「浮遊」しているようなものですから、空港の管制域内でのフライトはできません。飛行機が飛んできて、「じゃまです。どいてください」といわれても、

避けようがないのです。やっかいな乗り物です。

とんでもないエピソードがあります。山形熱気球クラブ会長の原田先生とぼくと会員の新藤さんの奥さまの三人で山形市内をフライトしていたとき、気球はノータムに違反して山形市内に流され、山形空港に向かうすべての旅客機の着陸コースに侵入してしまう事態を招いたのです。山形空港は、山形市北部の天童市のさらに北の東根市にあります。

しかも、運悪く羽田発の旅客機が着陸態勢に入っていました。そんなところに侵入したものですから、当該飛行機に着陸のやり直しをさせることになったのです！　飛行機のパイロットもビックリしたでしょうが、ぼくたちはもっとビックリ。眼前に飛行機が突如として現われ、こちらに向かってきたときのあの逼迫した緊張は、簡単に忘れられるものではありません。

このあと、スタジオジブリのアニメ『おもひでぽろぽろ』で話題になった「ベニバナの里」山形市高瀬地区の山頂近くの山道にランディングしたぼくたちは山形空港に出向きました。嫌味を織り交ぜたお叱りをもらったことは、いうまでもありません。エンジンも方向舵もない乗り物の扱いは、かくも難しいものです。無責任な言葉ですが……。

そういうなかで安全な着陸地といえるのは、あるていど開けた広い河川敷や、刈り取りの終わった田んぼなどです。そういう場所は、それぞれの気球クラブの活動場所でもあります。日本各地に点在していますが、日本でいちばん活発に飛んでいるのは、やはり日本最大の遊水地「渡良瀬遊水地」ではないでしょうか。足尾銅山の鉱毒を沈殿・無害化することを目的に渡良瀬川下流につくられた池で、空から見るとハート型をしています。ぼくの初フライトの場所でもあります。

飛びたつまえに必要な条件と手続き

各地でフライトするにも、競技会を開催するにも、多くの手続きが必要です。熱気球は航空法では航空機の定義に含まれませんが、国内では自由に飛ぶことはできません。手続きが必要です。

航空法にもとづく飛行許可は必須

フライトする地域を管轄する空港事務所に飛行計画書を届け、飛行許可をもらうことが必要です。これをノータムといいます。面倒な書類を作成し、飛行計画の詳細を気球関係者、空港管制官、旅客機のパイロットだけでなく、山形空域を共有する自衛隊にも届けます。互いの安全飛行に欠かせない手続きです。

山形県内のフライト地は、山形盆地（村山盆地）とその南の置賜(おきたま)盆地（米沢盆地）の二か所にあります。新潟空港管制官と山形空港管制官の二か所にフライトするための飛行届けを毎月出す仕事は、ぼくが担当していました。ただし、現在の飛行届けは山形地区も東京の航空事務所に提出することになっています。

毎月提出するので、相互に信頼感が生まれます。同じ空を飛ぶ仲間として、通じるものがあるからかもしれません。普段は一般人が入れない管制塔に案内してもらえるようにもなります。発着するすべての航空機を管制する場所だけに、眺めはすばらしく、ここで飲むコーヒーは格別でした。ぼくは毎年のシーズン初めに招待されていました。

熱気球という空を飛ぶ遊びをしていると、特別な情報も入ります。そのほとんどは、県警からもたらされます。皇族の来県予定が決まると予定日の半年以上も前に連絡がきて、話しあいがもたれます。当日のフライトを中止する依頼です。皇族の車列や視察中の上空を飛んで、危険物を落下させるなどを警戒しているのです。一般に広報される数か月前には知ることになるので、少しの緊張感はありました。

仲間との一体感が実現させる快適飛行

フライトは地上班の支援なしにはできません。競技会での地上班の役割は、とくに重要です。気球が飛んでゆく方向は、風まかせです。風とともに飛ぶのですから、気球に乗っていると風を感じることはありません。それでも風は、じつにさまざまな方向に流れています。数メートル上下するだけで、地上風とは流れの方向が大きく変わることがあります。競技会では、周辺の気球のフライト状況を参考にするなどして高度ごとの風速と風向を読みますが、重要なのはやはり地上からの情報です。地上班から総合的なアドバイスを受けて、風速と風向にあわせて飛行高度を変えつつ目的地点に向かいます。

フリーフライトやパイロット育成などを目的にフライトするときは、ほとんど風まかせです。強い風のもとでの長時間のフライトであれば、飛行距離は数十キロにもなります。追跡車のチェース・カーで気球が流された地点まで追跡して、搭乗者と機材を回収するのも地上班の役目です。気球機材は小型トラック一台、または大きなワゴン車一台がいっぱいになるくらいの量です。ほかにも、予備のガスボンベ二、三本とヘリウムガスのボンベも積んで走ります。しかも、着陸地のほとんどは広い田んぼのまん中です。運転の下手な人は、気球を追っかけて狭い農道で脱輪させることもしばしばです。

地上班の役割は、それだけではありません。当日の天気図を読み、大方の着地点を予想して気球よりも先回りします。ヘリウムガスで膨らませた小さな風船を飛ばして上空と地上の風速と風向を上空のパイロットに知らせて、安全にソフト・ランディングできるようにサポートするのも重要な役割です。

いかに安全・確実に着陸するか

フライト最中のパイロットは、つねに安全なランディングに備えます。風の状況、地形の特性、

原田先生と2人の娘さんと知人（左端）、筆者（右端）と娘の五月（右から3人目）とともに、イーナッス号のチェース・カーを囲んで（1991 年 5 月）

残燃料の確認、折々の天気と変化、現在地と地上の状況などをつねに把握しているのです。そのうえで、いつ、どこに着陸するかを決断し、地上班と連絡をとりあって下降を開始します。

近くに高圧送電線や鉄道、高速道路があるような地点は、避けるべき着陸地です。ふつうの送電線でも、誤って断線させるようなことがあれば周辺の住民に多大な迷惑をかけることになります。こうして、ガスの残量を見ながらもっとよい場所はないかと探し、着陸地点を判断します。

着地は搭乗員の安全を最優先します。いくら切羽詰まった状況でも、パイロットは搭乗員の身体を守らなくてはなりません。いったん地上から離れたら、パイロットは絶対的な状況判断と決断とを迫られます。

着陸地に地上班が先回りしてくれていると、着陸時の安全が確保されやすく、着地後の作業を手伝ってもらえるので、パイロット、コパイ、搭乗者はおおいに助かります。もっとも、そのようなサポートが期待できるのは、風が穏やかなときだけです。ほとんどのランディング作業は、二人または三人の搭乗者で対処することになります。

ランディングは、目的地に到着したとき以外にも、さまざまな目的と状況に応じて行なうことがあります。競技会では競技の終了したとき、自由飛行では気球に乗ってみたいたくさんの人に飛行を経験してもらうために搭乗者を交代するときにもランディングします。通常のフライトでも、燃料の残量が少なくなったボンベを交換するためにランディングすることがあります。

きつい、汚い、危険の3Kがそろい踏み

青空に鮮やかな彩色の気球が浮ぶ光景を映像や写真集などで見ると、たしかに優雅そうに見えます。しかし、気球が飛べるようになるまでには、先に説明したように、管轄空港に届け出たり気象情報を調べたりの準備が多くあります。

機上の人たちはとくに危険のもとでやっています。だからといって、みんな嫌々やっているわけではなく、懸命になって楽しんでいるのは事実です。だからこそ、テレビなどで見るあの光景は、関係者全員の努力の賜物として美しいのです。

趣味の世界とはいえ、気球遊びを一言で表現すると、「きつい、汚い、危険」の３Ｋの塊です。優雅そうに大空を滑空している姿と現場とは真逆の世界です。

楽しみたいと思うがゆえの重労働

まず、「きつい」。フライトに適した厳冬の早朝は寒いし、眠い。しかも、運ぶ機材は重い。フライト途中でガス欠になったボンベの交換に、ぬかるんだ田んぼや雪の積もった田んぼのなかを走る。一四キログラムの空のボンベはまだしも、新しくガスを充填した三四キログラムのボンベを抱えてゴム長靴で走る。重い機材を気球から農道まで運び出し、チェース・カーに積みこむ。プロパンガス代、ガソリン代など、遊びにかかる費用はバカになりません。フライト後は、酒を飲むことも多い。お金も体も、きついのです。

「汚い」。球皮は、田んぼで展開させることが多く汚れています。着地して汚れている球皮に抱きついて、残った熱気を抜くこともしばしばです。長靴を履いているとはいえ、ぬかるむ田んぼでの格闘でますます汚れる。

「危険」。ぼくがよい例です。バスケットの床は一メートル四方ほどのベニヤ板一枚で、かごの囲いの高さは約一メートル。このバスケットに、普段着のまま乗りこみます。ぼくの事故以来、外に放りだされないよう安全ベルトを着けるようになりましたが、それでも高く飛んだときは一〇〇〇メートル以上の上空に浮かぶことになります。危険としかいいようがありません。

気球を撤収しても作業はつづく

撤収作業はまさに、きつい、汚い以外のなにものでもありません。すべての機材をチェース・カーに積み終わって撤収終了ですが、終了後もまた、翌日または次回の飛行に備えてプロパンガスの充填所に行き、ガスを充填してやっと遅めの「朝飯」、ようやく食事にありつけます。クラブハウスにもどって機材を下ろし、当日のフライト・レポートを書いてやっと終了・解散です。競技会であれば、会場にもどって本部にフライトの報告を終えてから朝飯です。その後、ガスの充填を終えたのち、旅館や公民館などで休憩して次の競技に備えます。夕方にもフライトがあれば、朝と同じ作業をくり返すことになります。体は疲れてフラフラです。それでもなぜか、「辞めようか」とはだれもいいません。不思議な遊びです。

「山形熱気球クラブ・遊翔隊」

世界で最初の熱気球を実用模型で飛ばしたのは、ポルトガルの神父バルトロメウ・デ・グスマンだといいます。一七〇九年のことです。

日本で最初に人を乗せて飛んだのは、それから二五〇年ほど遅れて一九六九年に北海道の洞爺湖付近で浮上した「イカロス５号」でした。京都の若者たちが自分たちで縫った気球に、北海道大学探検部が製作したバーナーを搭載していました。

国内での気球熱は、すぐさま大学の探検部などを中心にさかんになり、一九七四年には日本初の熱気球フェスティバル、「第一回北海道上士幌熱気球フェスティバル」が、北海道上士幌で開催されています。五団体が気球を持参しました。翌年には、「渡良瀬バルーン ミーティング」も開催されました。

山形熱気球クラブの誕生と仲間たち

山形県内初の熱気球クラブ「山形熱気球クラブ・遊翔隊」は、一九八四年に誕生しました。なぜ気球クラブができたのか。初代会長の原田憲一さんによれば、会長の奥さんとお嬢さんが仙台で熱気球の係留飛行を体験したことがはじまりだそうです。

その後、係留飛行を担当した熱気球販売会社の誘いに乗って、原田会長も渡良瀬川の遊水地で実際にフライトを体験して感動。「こんなにきれいな熱気球が山形の空を何機も飛べば、子どもたちもきっと元気になるはずだ」と、クラブ設立を決意されたそうです。こうして原田会長が友人の鮨屋のオヤジや外科医などに声をかけたことにはじまり、これに賛同して集まったメンバーは、魅力的な人ばかりでした。大学教授、弁護士、医師、会社経営者、自営業者等々……。「すごいメンバーばかりがなぜそろったのか」と不思議に感じていましたが、その謎はまもなく解けました。遊ぶにはお金が必要だったからです。気球一機が数百万円もするのです。遊びのために一人が数十万円も出せる人たちでないと、加われなかったのです。

参加したメンバーには、すでに世界各地でフライト経験のある女性もいました。この方の旦那さんも、パイロットとしての経験豊富だったと聞いています。こういう人以外は、ぼくのような物好きな人が多かったのではないでしょうか。

人は人をつなぐ

メンバーには女性もいましたが、ほとんどが男性の妻帯者で子どももいました。となれば、男たちだけで楽しむわけにはゆきません。当然、家族のご機嫌をとらないといけません。まして気球はめずらしいので、みんなが触りたいし、乗りたい。一緒に楽しみたいのは大人も子どもも同じです。家族が一つとなって楽しめるスポーツでもあるのです。

いまだからいえることもあります。気球遊びには人数が必要で、家族を誘うのは、多くの人がいれば役割の分担が楽になるからというのが実態でした。そんな理由で家族総出の参加を大歓迎していたのです。そんな家族ぐるみの参加と家族間の交流は、ずっとつづきます。

仲間が仲間を育てる

メンバーで最初にパイロット資格を取得したのは、会長の原田憲一先生でした。山形大学教授の原田先生に、ぼくはコパイとなって教わりました。資格を取るまで、二人は主に渡良瀬遊水地まで気球をトラックに積んで夜中の高速道路を片道四時間くらいをかけて走らせ、そこで練習していました。現地に着いても、風の状態が悪くてフライトもできずに、滞在時間二〇分くらいで帰ることもめずらしくありませんでした。

パイロットの資格を取ったぼくは、原田先生のはたらきかけで山形の東北芸術工科大学に気球クラブが誕生したのをきっかけにクラブの顧問を引き受け、数人のパイロットを誕生させました。最初のパイロットは女性でした。なに故、ぼくが彼女をファースト・パイロットに選んだのか。彼女は重くて汚い気球を準備するにも、フライト途中に搭乗者を交代したりボンベを交換したりするにも、だれよりも早く気球に関わろうとしました。ぬかるむ田んぼをものともせず、長靴姿でニコニコと気球に近づいてくるのです。そういう姿を見ていると、彼女の気球を楽しみたい思いとその懸命さとが気持ちよく伝わってきたのです。

その後のぼくは、パイロット資格を審査するインストラクターの資格も取得し、ますます気球にのめりこみました。

活動は、競技会、フェスティバル、市民サービス

「山熱」（山形熱気球クラブ）は社会人中心のチームでしたから、日本各地で開催される競技会やバルーン フェスティバルなどの大会に参加したい気持ちはあっても、時間に余裕はありません。活動は東北中心でした。競技会に参加すると、フライトは別にして、体力、肝臓、胃袋、人との関わりなどの人間関係でくたくたになります。

秋田のフェスタでは、フライトしないときは温泉と名物の「横手焼きそば」に「稲庭うどん」、大曲の流しそうめんを楽しめます。横手焼きそばは、「B-1グランプリ」でグランプリをとった人気の焼きそばです。稲庭うどんは、日本三大うどんの一つです。

飲み会はビールやワインは高くつくので、もっぱら日本酒。福島では、フライトできないときは朝から営業している「喜多方ラーメン」に酒蔵探訪。宮城では、近くの鳴子温泉につかり、秋は鳴子峡を散策。ダチョウ牧場で遊び、やっぱりお酒。

こんな時間をすごすのですから、観光なのか、遊びなのか、宴会のための大会なのかわからない状態です。とにかく、ぼくたちは間違いなく全身で3Kを楽しんでいました。

山熱の県内での活動は、イベントやお祭りなどの機会に市民を対象に係留飛行を行なうというものでした。係留飛行は、バスケットを地上二〇メートルくらいまで浮かせて三点で固定する体験フライトです。無料のこともありますが、ほとんどは有料でチームの活動費を稼いでいました。

山形市馬見ヶ崎川護国神社付近の河川敷で開催されたバルーングロー（夜間に、地上に係留したバルーンをバーナーの炎で内部からライトアップする）。左から、もんぺ号、イーナッス号、ベアーズ号

これはこれでみなさんの記憶に残る貴重な体験になり、とくに子どもたちに喜ばれたのはいうまでもありません。

欠かせないのが親睦と酒盛り

山熱クラブの運営会議の会場は、ぼくを気球に誘った鮨屋のオヤジの店が常でした。うまい寿司とお酒ですから、真剣になにかを議論した記憶はありません。ぼくらにとっての気球は、酒を抜きにしては考えられない遊びでした。なんのかんので集まれば、やっぱり飲んでいました。オヤジもがんばってうまい寿司を安価で握ってくれました。「運営会議に出るだけで元は取れた」というメンバーもいたほどです。

有意義な酒飲みだったことも事実です。

山形熱気球クラブの家族会で春の山菜取りに。後列左から3人目が筆者

当時は、各県にＡＥＴ（外国人英語教師）が配属されていましたが、山形県最初のＡＥＴが原田会長の知りあいだったこともあって、歓迎会と称して運営会議に招いて飲むなど、交流と交歓もさかんでした。

家族サービス

家族を人手として労働奉仕させるだけでなく、大切にもしていました。男たちのぜいたくな遊びを家族に理解してもらう必要があったこともたしかでしたが、家族でのつきあいと交流は、山熱クラブの活動の基本でした。そんなことで、気球を離れたイベントにも熱心でした。

最上川激流全国いかだ下り選手権

山形県朝日町に、ぼくたちが母なる川とよぶ最

山形熱気球クラブ名物の「山菜鍋」を囲んで。左端で中腰になっているのが筆者

上川が流れています。古来、農業用水を供給し、交通路としての役割も果たした最上川は、米沢市の山奥を源流に米沢盆地と山形盆地を北進して日本海の酒田市に流れこみます。狭い山間部と盆地とを交互にくり返すことから、「五月雨を 集めてはやし 最上川」と芭蕉が詠んだように、日本三大急流の一つです。

米沢盆地から山間部を抜けて山形盆地に流れこむ流域に上郷ダムがあります。このすぐ下流からスタートする「最上川激流全国いかだ下り選手権」が毎年開かれます。抽選で選ばれなければ出場できないほど日本各地から応募のある人気の大会です。裏道もあって、ぼくたちのチームは抽選に加わらないでも毎年参加していました。社会人チームのわれわれは、こんなときに力を発揮します。町境のゴールまで、急流あり、瀞（とろ）あり、せせら

板垣さんの鮨屋の店名にちなみ「満月とゆかいな仲間達号」と名づけたいかだで参加。成績は二の次で、盛り上げ役として奮闘（1988年５月）

ぎありの川下りです。いかだは、長さ三メートルの杉の木四本をワイヤーで固め、その前方に舵をとるための丸太が一本ついているだけのシンプルなものです。これに三人が乗りこんで速さを競うタイムレースです。

ぼくたちのチームは勝つことが目標というよりも、大会を盛り上げるために参加していたようなものです。前夜祭も同じです。毎年

舵取りの筆者、落ちまいと丸太にしがみつく板垣さんと設楽さん（1989年７月）

など、ただただ騒いでいただけだった気がします。コスチュームに凝り、花火をあげてスタートするの結果は、定位置が決まっていて、ブービー。

このような友人たちとの交流があってこそ、事故後の支援の輪に繋がったと考えています。

ぼくのお気に入りのフライト地

福島県喜多方市塩川町にある日橋川河川敷では、バルーン フェスティバルが秋に開催されます。会津盆地の中央部より北にあって、南には一六、七歳の少年たちで編成された白虎隊が籠城・自刃したことで知られる鶴ヶ城などの豊かな歴史、伝統、文化に富んだ会津若松市が位置し、東には磐梯山がそびえます。その磐梯山の南側には、別名「天鏡湖」といわれる猪苗代湖が拡がります。西は新潟県、北に行けば酒づくりとラーメンの喜多方市を過ぎるとまもなくして山形県米沢市。米沢は歴史も食も楽しめます。気球のフライトができなくとも、充分に楽しめる一帯です。

「会津塩川バルーン フェスティバル」でのいちばんの楽しみは、ブロッケン現象です。高い山に太陽の光が背後から当たり、前の雲や霧に自分の影が映っているとき、その影の周りに虹のような環が見える現象です。ただし、これを熱気球で体験するには問題があります。低く垂れさがった雲のなかを突き抜けなければならないのです。

気球は有視界飛行が原則ですが、雲のなかでは有視界とはなりません。そこで、下方と周囲のバーナーの音に集中しながら、雲のなかを慎重に高度を上げます。上方は自分たちが乗っている気球の球皮で見えないので、音と下方に注意を払うのです。

こうして高度を上げて雲の上に出ると、旅客機に乗って雲を突き抜けたときと同じ光景が拡がります。太陽と青空しかない、あの光景です。

そのように太陽光を背にしながら気球が上昇したとき、雲粒や霧粒でできた雲に気球全体の影が映し出されることがあります。しかも、その気球の影の周りに、虹に似た光の環が出ることがあるのです。これがブロッケン現象です。神秘的でひときわ感動的です。これを楽しめるのは、周辺の磐梯山、猪苗代湖、栃木・福島・新潟の三県にまたがる阿賀川、その支流の日橋川などです。自然からの贈り物です。

楽しみはこれだけではありません。天気のよい日は、左に磐梯山を眺めつつ湖面の標高が五一四メートルもある猪苗代湖を眺めることができます。その高度まで気球で上昇して、ようやく湖面が見えたときの感動も味わっていただけます。

フライトができなくとも、早朝から開店している喜多方ラーメンのお店、たくさんの酒蔵探訪など、喜多方市ならではの観光も楽しめます。ぼくのいちばんのお勧めです。

第四章

第二ステージにむけての助走

入院生活はリハビリとの闘い

仰向けに寝かされたままの三か月

下半身は麻痺したまま／それでも、「首から上は異常なし」／起立性低血圧との闘い／

主治医の目的／ベッドの上で考えること

リハビリの目的と目標

最終目的は社会復帰　まずは身体機能の強化が目標／世間の視線を受け入れる

病院でのリハビリと生きる目標

上半身起立とぼくの最終目的／全身起立にチャレンジする

個人的リハビリ

握力訓練／衝撃的な宣告と妻／覚悟／

排泄問題と向きあう　「トイレ籠城事件」へと発展／下剤は不可欠なお友だちに

精神的リハビリと居酒屋と美術館

院内での酒盛り／ホテルで一人暮らしを体験

見舞客の励まし

新しい展望

「ニュース23」がアメリカの治療のいまを伝える／渡米の必須条件は体力

入院生活はリハビリとの闘い

意識が半分もうろうとした状態で山形県立中央病院に搬送されたぼくは、当然ながら診断と治療は各種の検査からはじまったと思うのですが、記憶にありません。けがの状態は、第三頚椎挫傷、第七頚椎骨折だったことは、あとで知ります。

どのくらいの時間が経過していたかわかりません。「どこかの時点で手術する」、「手術チームには、気球に同乗していた整形外科医の設楽医師も加わる」と知らされたことだけが記憶に残っています。もちろん異論はなく、そのように返事を返したと思うのですが、やはり記憶は曖昧です。設楽医師から搬送中の救急車の中で、「県立中央病院整形外科医長の佐藤浩先生は友人だ」と聞いていたので、ぼくには安心感がありました。なにかアクシデントがあったときは、人間関係がいかにだいじかを、あらためて思い知らされます。

仰向けに寝かされたままの三か月

記憶がもどったときは、手術からすでに三日がたっていました。第二の人生のスタート地点は、それにしては陰気臭く、地味で、おそらく好きな人はだれもいないであろう回復室においてでし

た。輝かしい場所とはほど遠く、人生はゼロどころかマイナス状態からのスタートでしたが、このときはそのことすらもわかっていません。

ベッド上で、首はギプスで固定され、頭蓋骨の頭頂部に四つの穴をあけてフックを取り付け、そのフックに引っ掛けた紐の先に重りの砂袋を下げていました。骨折した首が動かないように固定するのが目的ですが、現在はこのようなやり方はしていないのではないでしょうか。

回復室にいるころから、多くの見舞客がきてくれました。そのたびに、動けないぼくは懸命に対応しますが、夜になると決まって熱を出して翌日は「面会謝絶」をくり返します。

あるとき、整形外科医の設楽医師に、「指に力が入らない」と泣き言とも弱音ともいえる相談をしたところ、イメージ・トレーニングのやり方を教えてもらいました。

方法はいたって簡単、手指に力をこめて握りつぶす行為をメージするだけ。実際にはなにも握らず、イメージするだけです。それなのに、けっこう疲れます。それでも暇はあるから、朝から晩まで一日何十回とくり返していると、イメージのなかだけですが、少しずつ握っている感覚がもどってきます。

以後も、仰向けに寝かされたまま、腕と口、表情筋しか動かせないままの三か月をすごしました。体が動かない、動かせない、首のギプスが邪魔など、ただただ不便さをぼやく日々でした。

下半身は麻痺したまま

三か月を過ぎて頭に下がっている砂袋も取れると、回復室から一般病棟に移らねばなりません。この状態で他人との相部屋は気分的にどうしても受け入れられず、特別室を要望して確保しました。特別室はホテル並みで、部屋代さえ払えばいつまでいてもよいとの説明でした。

当時の部屋代は、一日七五〇〇円。室内には電話、テレビ、冷蔵庫、付添者のベッドにもなる応接イスとテーブル、トイレ、浴室、調理台収納スペースなどが備えてありました。面会時間に制限はなく、三食つき。いま考えると夢のような話です。しかし、体はオッパイから下は動かないし、感覚もありません。この時点でも、まだ夢のなかでした。

現在だと、成人であれば病名や症状、予後の見通しなどを手術前と後に本人に直接伝えます。しかし、このときは担当医からなにも説明はありませんでした。なぜなのか、ぼくも尋ねることをせずにいました。説明を聞くのが怖かったのかもしれません。

腕と口しか動かせない下半身まひの状態、動かない体の不便さをぼやくばかりの日々でした。将来の不安やその対処策、将来計画の立案などは、頭に浮かびもしません。

それでも、「首から上は異常なし」

足は動かなくとも、考え、食べることはできます。ベッドの背の部分だけを起こせば、少しですが起き上がることができるようになります。精神的にはだいぶ楽になります。主治医の説明がなくとも、体の状態は少しずつですが自分で理解できるようになります。しかし、考える、見る、聞く、話す以外の日常生活のすべては、課題だらけでした。

最初に問題になったのが握力です。少しの力は残っていて、イメージ・トレーニングによって握る形は少しはとれるようになりました。それでも実用にはほど遠いものでした。握力も指の力もないことから、ベッドの柵すら掴むことはできません。ベッドの上で起き上がることもできません。スプーンもお箸も持てません。

起立性低血圧との闘い

電動ベッドで体を起こせるようになると、また別の問題に悩まされることになりました。起き上がる途中で、すぐに目が回るのです。気持ちが悪いわけではないのですが、頭を立てておれないのです。そのままにしていると、気を失います。起立性低血圧です。しかし、起き上がらないことには、なにもできません。

最初のリハビリは、ベッドの背を三〇度まで起こして血圧の変化に慣れる練習からはじまりました。数日でこれをクリアすると、次は四五度、次は六〇度、八〇度……。なんとか体を直角に起こせるようになるまで、ほぼ一か月かかりました。そうなると、新たな取り組みもできるようになります。

起きられたことでいちばんうれしかったのは、見舞いにきてくださった方たちと向きあって言葉を交わせるようになったことでした。それまでは、ベッドで寝たままの状態のぼくの顔を、みなさんが覗きこむ形でしかコミュニケーションできなかったのです。正面きって話ができるようになることが、少しずつぼくに元気を与えてくれました。妻のいく子、病院スタッフ、仕事で打ちあわせにきてくれる社員、そしてなによりも、退院までじつに二〇〇人以上もの多くの見舞客、しかも何度もきてくれる方が多くありました。そういう人たちとの会話には、ほんとうに勇気づけられました。

元気になった源は、それだけではありません。床が平坦であれば車いすに移乗して移動できるようにもなったことで、精神的にだいぶ楽になります。

主治医の目的

そういう九か月ほどの病室生活で、忘れられないことがあります。主治医は、暇を見つけてはぼくのノートパソコンを目当てに病室に遊びにきました。ぼくは、いまも満足にパソコンを使えていませんが、当時は時間だけはたっぷりあるので「パソコンでもいじってみようか」ていどの興味本位で、アップル社のノートパソコンを持ちこんでいたのです。主治医は、そのパソコンが

目的で遊びにきていたのです。体の調子を聞くことは、とくになかったように思います。雑談をしながらパソコンをいじって帰るだけ。

そんなとき看護師長さんが、「医長の定期回診を受けてください」と文句をいってきました。そういわれても、ぼくにはなんのことかわかりません。よく聞くと、回診が定期的にあるのですが、ぼくは入院してから四か月以上たつのに、一回も受けていないというのです。

「そんなことをいわれても、回診を敬遠したことなんかない！」、そういおうとしてやめました。やんわりと、「医長はここに週に何回かはきてぼくの状態を診ているから、回診にこなくともよいと考えていらっしゃるんではないですか」と返答しました。納得したのかどうかわかりませんが、師長さんは黙って帰り、その後二度と顔を見せることはありませんでした。

ベッドの上で考えること

特別室に移って一か月以上はたっていたと思いますが、やはり主治医からの予後の説明がないまま、リハビリははじまっていました。この時点での目標は、「自分で食べる、衣服を身につける、自走式車いすで移動する」などでした。障碍者といえども、「日常生活を主体的に送ることができるようにする」というのが、病院の目標だったのです。首の骨を折った障碍者の社会復帰までを考えたリハビリのメニューが用意してあるとは、ぼくにはとうてい思えない内容でした。

患者さんの希望や意向を反映した配慮などはありませんでした。頚椎骨折の深刻さ、手術後の状態すらぼくに説明されないくらいですから、ぼくの意見を聞くことは当然ありません。もっとも、この時点でぼくの体とこんごの生活がどうなるかを説明されても、当時のぼくがその現実を受け入れていたかどうか、わかりません。

このころになると、ぼくの気球事故による騒動の大きさが、少しずつ見えてくるようになりました。新聞紙上やテレビのニュースで取りあげられたらしく、そうして騒がせたことで気球を楽しんでいる多くの人に迷惑をかけたことは明白でした。同時に家族、親族、社員、お客さま、業者さん、多くの友人たちに、途方もない迷惑をかけてしまったことは、病室に見舞いにきていただいた方たちとの会話から想像できていました。

このころはまだ漠然としてでしたが、退院したあとのぼくが、どのような体調・状態でみなさんと関われるかが重要であることは、自分自身でも感じていました。

リハビリの目的と目標

楽しくもない日々のリハビリをなんとなくすごしつつ漠然と考えていたのは、やはり自分の体の最終状態をどのレベルに設定するかでした。ぼくには高いハードルの課題でした。

理由は簡単です。ぼくと関わってきたすべての人たちに、これまで想像もしていなかったほどの心配と不安、迷惑をかけていたからです。にもかかわらず、これまで見舞いにきたお客さま、友人、家族、仕事関係の人たちのだれもが、「このぼくが仕事もしないで、このまま終わるとは思えない」、「いつかは復帰してくれるだろう」と思っていたのです。その期待が、ぼくには痛いほど感じとれたのです。

最終目的は社会復帰

とはいえ、ゴールも、ゴールに向けての対策も考えることなく、淡々とリハビリをこなすしかありません。そういう日々のなかで、「病院が処方するリハビリだけでは、ぼくの体力面においても、心の状態においても、社会復帰できるまでの恢復はしないだろう」と、少しずつですが感じるようになっていたのです。

指に力がないから、まともな字は書けない。このことだけをとっても、仕事に復帰できるはずがありません。排泄の小は導尿で対応できても、大のほうは対応できない。車いすで平坦な移動はできても、少しでも坂があれば助人（すけっと）が必要になる。そんな身体的な面でも大きな障碍になる。それどころか、障碍者を見つめる世間の視線を怖く感じたのです。そんなことを考えると、「これまでのように街なかで友だちと好きなお酒を飲むこともできないなぁ」と悲しくなるのです。

もっとも大きな問題は、ぼくは小心者で、人前に出ることが苦手な人間であることでした。それでいて、他人の目線は気になる、よく見せるために虚勢は張りたい、などなどの性格。正直にいえば、「カッコよく見せたい塊（かたまり）」の人間。

考えていたとしてもせいぜい、「いまのぼくは、なにを、どうすべきか」くらい。そんな病院暮らしでした。けれども、明確な目標のもとに病院生活をすごさないと、「迷惑をかけ、お世話になったみなさんの期待に応えられない」ことがはっきり見えてきた。そんな時期でした。

それでも、周囲の人たちからのたくさんの言葉がけや刺激をいただくたびに、「なにを考え、どんな行動を起こさないといけないのか」に、少しずつですが気づきはじめました。「社会復帰をどう実現するか」を意識しはじめたのです。しかし、具体的になにをどうするかまでは意識できないまま、ベッドの上での日々をすごしていました。

まずは身体機能の強化が目標

首の骨折で、ぼくの肺機能までも格段に低下していました。すこし無理な行動をすると、それだけですぐに息切れし、目を回します。

まず、体力をつけることからはじめようと取り組んだのですが、病院にフィットネスジムの機能はありません。自分が取り組みたいプログラムに、好きなだけの時間を使うこともできません。

そういう現状で、社会復帰する目標に沿った行動として、なにができるかを考えました。

体力・筋力をつけるために取り組めたのは、車いすで病院中を回遊することでした。以後、他の病棟にまでウロウロ侵略するものですから、看護師さんたちに怒られながらも、病院中をただただアジやマグロのように回遊していました。

そんな日々を送っていると、知りあいと会う機会も多くなります。すると類は友を呼ぶかのごとく、情報のほしい人のもとにはいろいろな情報が寄ってきます。病院には迷惑な情報までも入ってきます。大半は、あっちの病棟でだれが死んだなどの情報や、ドクターや看護師の評判でした。それでもこれらの情報は、病院生活のあり方やリハビリの考え方などの知識として、あとになってぼくの仕事・目的に生かせるようになりました。

世間の視線を受け入れる

「医療のリハビリに、社会適応のプログラムはない」といえば医療関係者から叱られ、反論されます。たしかに、病院のリハビリ・プログラムでは、社会適応の一環として身体機能の強化に取り組むことになっています。しかし、ぼくがここでいいたいのは、精神的な強さ、メンタル・ヘルスの一部をなすプログラムがないという点です。障碍者が社会に出たときを想定してのリハビリの必要性です。障碍者になったことで社会との距離感が生まれた人間に必要となる、社会の視線に耐えられる精神的強靭さと対応力です。この力を身につけておかねば、社会復帰は困難です。

入院期間は、現在は症状によって決まるようです。ぼくが入院した当時もそうだったのかもしれません。しかし、ハッキリとは示されなかったように思います。じつは、障碍者になった患者の精神的な不安、社会に受け入れられるかどうかの不安などのために、退院を恐怖に感じている人、社会とどう接点をもつかに怯えている人はたくさんいます。それが原因で入院を長引かせている患者さんに、病院側も困っているように感じたものです。

こういう人たちにどう対応するのかという課題は、のちにぼくの大きな収入源となるテーマに成長します。

障碍を負った多くの方、あるいはそういう方の家族のだれしもが期待することは、不安のない社会復帰であるはずです。しかし、病院のリハビリだけでは、社会に出たときの対応力は鍛えられないのです。人はだれしも、苦しいよりは楽なほうがよいに決まっています。

ところが、障碍があって先の暮らしが見通せないとなれば、病院のベッドで許されるだけ世話になったほうが楽と考えてしまいがちです。その結果、入院生活がついつい長引いている人がたくさんいるように見えるのです。ぼくにしても、退院して車いす姿になった自分は近隣の人たちにどう見られるかと想像するだけで、社会に復帰する大きなハードルになりました。

こんなことを書くと、「医療制度やドクターたちに、それほど文句があるのか」と思われるか

もしれません。そんなことではないのです。病院の関係者のみなさんには、心から感謝していま す。しかし、ドクターといえども、現在の医療制度の範囲内でしか、リハビリ計画はたてられないのではないでしょうか。

病院でのリハビリと生きる目標

寝ている状態から、八〇度まで体を起こせるようになり、車いすに乗って移動できるようになったことで、ぼくの気持ちは生き生きとしてきました。もちろん人並みにできることは少ないのですが、生きる気力が湧いてきました。理由はいろいろあります。

車いすに乗った状態で人と会話すると、ぼくの目線は少し低いながらも、会話はスムーズになります。動いて移動すれば少しは気分も楽になり、ほしい情報も多く入るようになります。そうなると思考も働くようになり、自身のことを冷静に見つめ、考え、判断できるようにもなります。健常な方から見れば些細なことでしょうが、そんなことが気持ちをずいぶん変えました。

上半身起立とぼくの最終目的

たぶん入院して五か月と少しくらいたったころのことではないでしょうか。ぼくの最終目的がぼんやり見えはじめてきました。明確な時期は思い出せませんが、こんなことを考えていました。

一、社会復帰して、収入を得て納税する。そうなるために必要な時間と金は惜しまず使う。「預金を全額使っても、社会復帰して、また稼げばよい」。

幸い当時は、治療やリハビリにそれなりの出費をしても、家族五人が六、七年は暮らせる蓄えもありました。

二、「気球に乗れる体になって、気球界にもう一度復帰する。そうすることで、みなさんに恩返しするのがいちばん」。そんなことを理由も根拠もなく考え、決めていました。これからの生きる目標を、明確にした瞬間でした。

当時のぼくの体の状態では、大それたことはだれにも口外できません。しかし、ぼくの気球事故の責任の取り方は、こうしか考えられませんでした。「やれるか・やれないか」ではない、「できるか・できないか」でもない、「目標に向かってただただ行動する」しかないと考えたのです。

根拠も手段もなく、深く考えられないのが当時のぼくでした。それでも目標を、いや夢といったほうがよいような代物でしたが、決めました。

目標ありきで行動するのが、ぼくのスタイルです。それからというもの、すべてのことを積極的に考え、取り組みはじめたことはいうまでもありません。第二の人生への大きな転換でした。

全身起立にチャレンジする

ベッド上でのめまいは克服したものの、立つとなると全身起立するための筋肉を鍛える別のリハビリが必要です。もう一度気球に乗るには、立ち上がることがどうしても必要でした。しかし、病院のリハビリ計画に全身起立の訓練はありません。

このころのリハビリに一貫して対応していただいたのが、担当の守　一彦先生でした。若くて独身で、当初から気があいました。

「立つ訓練をしたい」と要望したところ、先生からは「ちょっと待て」との返事。現在は、首の骨を折っても起立訓練をするようですが、当時はまだ一般的ではなかったからだったように思います。ところが、それからしばらくしたある日、守先生から、「今日から起立訓練をやろうか！」と声が掛かったのです。このときはうれしかった。あとになって知ったのですが、守先生は卒業した岩手リハビリテーション学院の恩師をわざわざ訪ね、リハビリの方法を教わってきたということでした。

ベッド上で起き上がるときの起立性低血圧と違い、全身で立つときの起立性低血圧は大敵でした。両膝下、腹部、胸の三か所をベルトで起立台に縛りつけ、起立台を電動で徐々に起こすという方法です。そうして立つことはできたものの、一分間ももたずに気を失いました。これが起立訓練の初日でした。

頭から全身の血が降りるのがわかります。頭から目のあたりまで血が落ちると、ぼくは気を失います。気持ちが良いも悪いもありません。ただただ、気を失ってしまうのです。これを克服しなければなりません。

起立訓練は、一分弱という時間との闘いからはじまりました。気を失うときは、周囲の人たちの「アッ、いった！」という声を聞きながら、なにもない世界に入っていきます。

気を失っても、起立台を水平にもどせば一五分で元にもどります。同じことを一日に数回くり返して訓練します。そうすることで、少しずつ立っていられる時間が延びるようになります。三分、五分、一〇分、三〇分、六〇分……。退院ちかくになると、二時間は立っていられるようになりました。ここまでくるともう、気球に乗るための最初のハードルは超えたことになります。

「人はわがままだ」とつくづく思います。次は、起立訓練の一段階アップです。最初は、胸のベルトを外す。これができるようになると、腹のベルトを外す。こうして体幹を鍛えるのです。そうしてベルトを外せるというのは、ぼくには贅沢な話でした。二時間立っていられることが重要で、それだけで充分だったのですから。熱気球に搭乗すると、長ければそのくらいの時間を立ちつづけなければならないからです。

起立訓練はその後、名古屋のクリニックでも、アメリカのリハビリ施設でもつづきました。

リハビリを担当した守先生は、のちにぼくがトレーニングを受けているアメリカにまできて、向こうのリハビリの現状を視察されています。ぼくの帰国後は、先生のご自宅の新築を依頼していただきました。この親密な関係は、いまもつづいています。

個人的リハビリ

できないことだらけのなかで、独自に取り組んだのが指の力を取りもどすリハビリでした。なにしろ、ティッシュ一枚箱から抜き取れないのです。握力ゼロだと字も書けない。当時の食事は、自助具を利用して手にスプーンを取り付けて、口に入れるという姿でした。

握力訓練

ぼくの食事風景を見ていた鮨屋のオヤジが、「いい練習法がある」と持ってきたのが、北海道で捕れる「氷下魚（こまい）」という小魚の皮つき干物。氷下魚は北海道では一般的な魚で、北海道の漁師さんたちには酒のつまみとして人気ですが、本州の市場に出ることはあまりありません。ほんとうに美味しいのですが、食べるには皮をむかなければなりません。

握力のないぼくには、これができない。しかし、食べたいばっかりに、肘でたたく、噛みつくなどと四苦八苦します。病院中を回遊するときも氷下魚を胸ポケットに入れて、一休みするときに隠れて食べるなど、退院まで毎日つづけました。

オヤジはほかにも、毎週月曜日には鍋にお好み焼きの具を入れ、味つけをいろいろ工夫しつつ持ってきてくれました。それをベッドの上で焼くことで、手や腕の使い方の練習を兼ねるというリハビリの一環でした。病棟全体にお好み焼きの匂いが蔓延して、これが病棟の噂となって拡がりました。匂いに誘われて女子高校生までもが遊びにくるようになり、病室はますます賑やかになりました。

握力のリハビリはこれにとどまらず、ボール握りやバネ式のライトハンドグリップなども取り入れて、自室で常時取り組み、退院時の握力は左右ともに二五、六キログラムまで恢復していました。もちろん、整形外科医から教わったイメージ・トレーニングの効果もあったと思います。

現在の握力は、成人女性並みの三〇キログラムほどあります。車いすに乗るにも、トイレを使うにも、風呂に入るにも、すべて両腕だけで体を持ち上げて体幹を維持しなければならないからです。その体幹の維持と握力強化は、いまも絶対に欠かせない訓練です。

衝撃的な宣告と妻

そんな病院暮らしのある日、鮨屋のオヤジが衝撃的な一言を吐きます。「おんちゃんは歩けな

いし、働けないんだから、せめて自分のことは自分でやれるようにならないとね」。そんななにげない会話でしたが、隣にいた妻が一瞬見せた凍りついたような表情は、いまも忘れることはできません。

結局、予後を宣告したのは、主治医でも妻でもなく、鮨屋のオヤジでした。妻は、「とにかく驚いた」と……。でもぼくは、周りが気を遣うほど気にはしていなかったのです。いくらバカなぼくでも、理屈でわからなくとも、本能でなんとなくわかります。「深く考えるのが怖かった」から、極力考えないようにしていただけのことでした。

このころになると、起立性低血圧を克服し、握力がもどりつつあることで、できることが格段に増えていました。リハビリの成果が見えはじめていたのです。

リハビリはたしかに楽しくはないけれど、できなかったことができるようになると、それが励みになります。「リハビリは楽しい」と実感するようにもなります。目標をもって計画的に進めていれば、自分のほしいものはいつか手に入るものだと思うようになります。

このことに気づいたぼくの本能は、目的達成のための目標を、「楽しくない体だけど、楽しく生きることにする」という考え方で進めることに決めました。こう決めたことでいよいよ発奮し、リハビリはますます加速しました。楽しいと思えば、ストレスを感じることもなくなります。

覚悟

ぼくの性格は、目標を定めると、その目標を達成するには、なにをどうすればよいかをただただ考え、いったん決めたら悩むことなく行動するという傾向があります。この性格がうまい方向に働きはじめました。ぼくの頭は、すぐさま目標達成のための思考ゾーンに入っていったのです。自分で決めた起立訓練、指の訓練、排泄排尿、入浴訓練などのリハビリの苦しみは、だれにもいえなかったけれど過酷でした。リハビリの最終目標を自分で決めたのだから、しかたありません。できる・できないは関係ありません。闘うしかないのです。

そもそも、ぼくの遊びが原因でこの状態を招いたのです。仕事が原因なら精神的に楽だったかもしれませんが、遊んだ揚げ句の始末です。家族や社員、気球仲間、お客さまにいいわけはできません。しかも、熱気球に誘ってくれた人たちは、気を遣って何度も見舞いに通ってくれている。そんな人たちに対する礼儀としても、責任の取り方をだれが見てもわかるようにすべきだと考えたのです。礼儀を欠いて、このまま人生を終わってしまうことに納得できなかったのです。

排泄問題と向きあう

ぼくには、設定した目標を達成するための環境が整っていました。なにしろ病院の特別室にい

るのですから、少しくらい元気になったからといって病院は「退院しろ、出ていけ」とはいいません。できないことのほうが多いなかで独自のリハビリ法を懸命に考え、そのリハビリを実践できる環境にあったことは幸いでした。

「トイレ籠城事件」へと発展

しかし、独自のリハビリ法は問題ももたらしました。その騒動の一つに、「トイレ籠城事件」があります。ぼくのように首と背中の骨を折ると、基本的におしっこを自分で排出できなくなります。排尿時は導尿といって四、五時間おきに自分の性器に管を入れて、強制的におしっこを出すのです。この方法だと、社会に出るときは導尿器具を持ち歩くことになります。利用したあとは、器具の消毒も必要です。面倒なので、「尿意を感じられるようになりたいし、自分の意志で放尿したい」と主治医に相談したところ、「無理だ」といわれました。

納得できないぼくが医師の言葉を無視して独自にとった行動は、尿意を感じたとき——実際は幻想ですが、当時は病棟に一つしかなかった腰掛便器に籠もることでした。ほかの患者さんから苦情が出るのは当たり前です。なにしろ、一度入ると九〇分以上も立て籠もるからです。しかも、一日何回も試すものだから、周りの人たちはたまったものではありません。

ウソのような話ですが、その幻想はやがて現実になります。意思を強くもつことはだいじなようです。そうしておしっこが出せるようになると、次は排便です。これもたいへんでした。なにしろ便意を感じることがないからです。そこでとった行動は、そろそろだろうと思えると本、おもに漫画でしたが、これを持ちこんで半日はたて籠もるのです。

またまた苦情がくるのも当たり前です。それでも、ぼくが止めることはありません。自分の目標しか見えていないのだから、苦情などはどういうことはありません。

笑い話のようですが、やがて尿意も便意も感じるようになりました。一人でできるようにもなりました。どこに外出するにしても身軽に、自由度の増した行動ができるようになったのです。指の力が増し、トイレをコントロールできるようになると、行動範囲は一気に拡がり、将来の目標、夢が現実味を増してきます。

下剤は不可欠なお友だちに

排泄は自分でコントロールできるようになりましたが、下剤は必要でした。下剤は、二週間に一度処方されます。しかしあるとき、「ぼくはいま四二歳だ」と気づいたのです。「ぼくは、この下剤を手に入れるためだけに、この先死ぬまで二週間に一度は病院に通わなければならないのか」と。そう思うと面倒です。どうにかして簡単に下剤を手に入れなければなりません。

主治医に、「社会に出てしまえば、下剤を処方してもらいに二週間に一度も病院にくるのは不

可能です。どこでも買える市販の下剤にしてください」とお願いしました。するとアッサリ、「いいよ」の返事。しかも、市販の下剤に慣れるためにも、入院中から使用できる許可もいただきました。「退院後は社会に出て働きたい」との思いが主治医に伝わったから許可が下りたのかもしれませんが、アップルのパソコンも役にたったのではないでしょうか。いまでいう忖度です。

さらに、浴室に車いすで進入できれば、車いすから浴槽にダイレクトに入れるはずと、入浴方法も独自に考え、実践しました。いまでは、たいていのお風呂に一人で入浴できるようになりました。のちのアメリカ暮らしでも、ぼくの考案した入浴方法は有効でした。現在も変わらない方法ですが、一度の事故もなくいまに至っています。

こうして課題を一つひとつクリアしていると、人間はますますやる気が出てくるものです。

精神的リハビリと居酒屋と美術館

退院する患者や障碍者の人たちの多くが直面する難題に、社会との融合の問題があります。現実の社会にうまく対応できるメンタル・ヘルスの確保などが、その課題です。そういう医療のサポート体制は、現在どのていど整っているのでしょうか。ぼくは懐疑的です。

社会に正面から向きあうことに耐えられる精神的な強さを身につけることは、自分で乗り越えなければならない高いハードルです。しかし、そこに医療体制が味方するような加わり方をしてもらえれば、なおよいのではないか、障碍者にはありがたいのではないかと、ぼくはいまも考えます。ぼくが入院していた当時は、その体制が充分ではなかったように思うからです。

そんな精神的な強さを自ら求めつつ病院中を徘徊して集めた少ない情報をもとに、ぼくはある行動計画をたてました。その一つが、障碍者が現実の世間に出たとき、一般の人たちがどんな視線を投げてくるかを試してみることでした。

ぼくの行動は、狡猾といえるほどのものでした。味をしめて、何度もくり返しました。外出許可を取って昼食前に散歩にでかけるのですが、行き先は病院裏にある昼から営業している居酒屋です。ここで軽く一杯お酒を飲んで、昼定食を食べるのです。そのあと、酔い覚ましに隣にある美術館を訪ねます。障碍者と付き添いは、半額で入場できました。美術関係が好きなぼくには、最高のプランです。

これを試すことができたのは、特別室はホテルと同じしくみだと勝手に決めていたからです。実態やルールは、たぶん違っていたと思います。たいていの人には、できない行動です。

肉体のリハビリは、いうまでもなく病院で可能です。周りの人も、「がんばれ」と声をかけてくれます。しかし高校や大学の受験生と同じく、自らががんばるしかないことは、本人がいちばんよくわかっています。だから、指示されなくともがんばります。

病院でがんばって治療やリハビリに励んだ結果、退院すると仕事に復帰できる障碍者もいます。しかし、現実にはそうできない人のほうが多いのは明白です。自宅にもどって少し落ち着いた暮らしを送り、さあ社会に出ようとするかどうかです。このとき、本人も家族もどうしても行動にブレーキを踏んでしまうのです。本人も家族も、不完全な体の状態を世間にさらしたくないという暗黙の了解ができてしまうのです。この結果、社会復帰は遠ざかってしまうようです。

こう考えると、現実社会に対応・順応しながら生きる強さを獲得する心のリハビリは、どうしても必要ではないかと思うのです。これには、社会の側の支援と受け入れ態勢が併せて必要です。

院内での酒盛り

少し余裕が出てくると、ぼくはやはり楽しみを見つけるようです。じつは、病院内でリハビリをしているときでさえ、病室でお酒を飲んでいました。いまでは考えられないことですが、当時はめずらしくなかったのです。

ぼくがいたのは外科病棟で、内臓疾患の患者がいないこともあって、土曜と日曜の朝の洗面所のごみ箱は、ビールの空き缶が山盛りでした。個室にいたぼくは、毎日のように飲むことができました。当時流行っていたのが、ガラスの容器をひっくり返すとお燗ができるお酒。これがじつにうまい。ベッドの下に、二四本入りの箱ごと常備していました。

当時の妻は看護師でしたが、病室での酒盛り、昼の居酒屋通いをどう見ていたのかはわかりません。「ぼくには必要なリハビリだ」と、先に主張していたように思います。たぶん妻は諦めていたのでしょう。

居酒屋通いには、週に一回は出かけていました。こんな挑戦、冒険をしばらくつづけているうちに、展示内容を変えない美術館に正直飽きてしまいました。それでも酔い覚ましには必要な場所でした。

ホテルで一人暮らしを体験

そんなところに、後述するアメリカの治療施設でのリハビリの計画がもちあがります。治療とリハビリの全容が見え、ゴールも鮮明に見えた気がしました。その準備として、すぐに行動を起こし、クリアしておかねばならないことも見えてきました。

まず取り組んだのが外泊です。車いすでの外泊体験は必須でした。理由は簡単です。山形県立中央病院を退院して渡米すれば、ホテル生活を送ることになるからです。体に障碍をもちながらの慣れないアメリカ暮らしです。これに必要な体力と精神力とを養う必要があったのです。ぼくは、帰国後すぐに社会復帰すると決めていたこともありました。

山形でのホテル滞在は、そういうトレーニング、メンタル・ヘルスを鍛える目的でした。障碍

者が一人で宿泊し、買い物し、街をぶらつくなどしながら、周囲の視線を試し、慣れることが目的でした。アメリカ暮らしの予習です。

世間の視線がそれほど厳しいものではないことは、外食で経験ずみでした。それほど不安になることはなかったので外泊許可を取り、市内のホテルを二泊三日で予約しました。夜の町にも出かけました。社会参加にそなえての「心のリハビリ」の一環でした。

そんな外泊を三度経験したところでわかったのは、世間は障碍者をそれほど気にしていないということでした。実感したことを正確に表現すれば、世間の人たちは、障碍者との関わり方や声の掛け方などがわからないから、「見て見ないふりをする、関わろうとしないだけのことだ」とわかったのです。「それなら、こっちも無視しよう」と決めたのです。そのとたん、心がずいぶん軽くなったことを覚えています。

ぼくのような入院生活をしていると、医療側は、「本人は障碍を受け入れた」と見なします。これが「障碍の受容」です。当時の医療は、障碍者が障碍を受け入れるように導くことに力を入れていました。たしかに、これはすごくだいじなことです。障碍を背負っているという現実を本人が受け入れないかぎり、ふだんの生活も円滑にはなりません。「現実から逃げこんで、人生に絶望する泥沼」にはまりこんで、そこから抜け出せなくなるからです。

では、当時のぼくはどうだったか。素直に振り返ると、「受け入れていなかった」と思います。

「仕事はできないよ、寝たきりになるかもしれないね」という主治医の言葉に、まだ反発する心が残っていたからです。しかし、よくよく考えると、当時のぼくは障碍が大きすぎて怖いから、「あれもやろう、これはどうだ」と、ただただ思いつくまま動物的に行動していただけのことだったかもしれません。別の見方をすると、なにかを考え、行動することで、不安な気持ちを紛らわせていただけだったのかもしれません。周りの環境がそれを許したので、甘えていたのです。

それでも、ここまで恢復できたのは、楽しくもないリハビリをするうちに目的が定まり、目標をたてることができたからです。リハビリをしようとする意欲が大きく、太く変わっていったのです。目標の一部でも達成できると、リハビリもおのずと楽しくなります。そこに到達する時間すら、短く感じられるようになっていたのです。

見舞客の励まし

一一か月間の入院中、県の内外からたくさんの方が見舞いに訪ねてくださいました。身内、会社関係、友人、旅行仲間、気球仲間、お客さま、芸術家、外国人、マッサージ師、お客さまが紹介してくださった気功師は気功術でけがを治そうとしてくれました。ぼくの会社「建装」のお客さまで、京都出身の街の金融業者の方もきてくださいました。ご自宅の工事でお世話になった方

で、けっしてあちら側の方でもないし、ぼくが利用客であったわけでもありません。ハンググライダー中にけがをした面識のない方までも、「同じ空の仲間だから」と訪ねてくださいました。二四時間出入り自由。そんな気軽さもあって、学校の先生の加藤円治さんは三か月間、毎朝五時ころにはマッサージをしにきてくださいました。朝早いので、ぼくは眠ったままのこともありましたが、おかまいなしにやってきて、マッサージが終わるとそのまま帰ってゆかれました。

市内有数の資産家である桜井さんは、見舞いにこない日が一か月で五日しかありませんでした。ただ話をするだけです。政治や経済、世のなかのしくみ、仕事の照会などが主でした。そして、「体にいいから」と、高額なサプリメントを自費で求めて、毎日ぼくに無理やり飲ませるのです。ぼくが落ちこみ、自信をなくしていると、叱り、励ましてもいただきました。

身内では妻の親父、村上順平さんがいつもきてくれました。病院までくるのはたいへんだったはずです。車の免許がないので、片道八キロメートルくらいの道のりを自転車でくるのです。ぼくの顔を見て帰るだけですが、充分に気持ちの伝わる見舞いでした。

若くて可愛らしい女性もきてくれました。原田憲一先生のお嬢さんの繭子さんです。当時は高校生で、学校帰りに遠回りして、なにげない雑談をして帰るのですが、気の休まる一時でした。

見舞客から支援をいただきながら、病院が設定したリハビリと自ら設定した目的のための目標を少しずつ達成できるようになると、「こういう暮らしもけっこう楽しいじゃないか」などと思えるようになっていました。

新しい展望

話は少し前後することになるのですが、こんな日々を送るなか――一九九四年のお盆を過ぎたころだったと思います。夜のニュースをなにげなく見ていたぼくは、求めているすべての目的・目標の完結編を見つけることになったのです。衝撃的でした。

「ニュース23」がアメリカの治療のいまを伝える

その衝撃は、いまもつづいているTV番組、「ニュース23」によってもたらされました。当時のキャスターは筑紫哲也さんと浜尾朱美さんでした。このニュースのなかで、長崎県のある女子大学生がスポーツ中に脊髄を骨折して車いす生活になり、その後アメリカのロスアンゼルスにあるリハビリ施設で、「簡単な補装具を着けることで、近距離であれば歩いて出かけられるまでに恢復した」との映像を紹介したのです。

即座に、「俺、アメリカに行く!」。ぼくの求めるすべてが「ここにある」と直感したのです。「簡単な補装具で立って歩く、それにアメリカの障碍者は楽しそう」。このリハビリ施設で、すべて

の目的・目標が達成できると思ったのです。しかも、楽しみながら……。「寝たきりかそれにちかい状態の将来」、医師にそういい聞かされていた事態が一変する、輝く未来が描けたのです。

次の日、妻が病院にくるのを待って番組の報道内容を説明したのですが、反応はありません。そのころの妻がどう思っていたのか、怖くて彼女の気持ちはいまも聞けていません。もしかしたら、ただ諦めていただけの日々だったかもしれません。

渡米するとなると、行動を起こさねばなりません。では、なにからはじめればよいのか。そんなところから考えはじめました。

渡米の必須条件は体力

一人暮らしの経験がないぼくは、障碍のある状態のままアメリカに渡ることに不安を感じていたことは事実です。その不安は後日、原田先生の通訳を介してアメリカの病院と電話でのやり取りをするなかで払拭されました。ただし、渡米すると一人暮らしが前提です。そうするには、まだまだ体力と精神力が足りないことが判明したのです

そうはいっても、治療とリハビリの全容が見え、ゴールも鮮明になったのです。クリアせねばならないことも見えてきました。準備のための行動をすぐにでも起こさねばなりません。「体力、精神力をどうして養おうかと考えこんでいたとき、またも救世主が現われました。鮨屋のオヤジ

板垣さんです。

名古屋にオヤジの身内の経営するクリニックがあり、痛みの克復や体力の増進にも対応することで、その世界では名は知られているとのことでした。プロのアスリートたちも通う病院だというのです。この話を聞いたぼくは、すぐに名古屋行きを決めました。先方からも、「受け入れる」との返事をいただきました。これで決定です。

このあと、「楽しくない体だから、楽しく生きることにする」というぼくの考え方が、心のなかでいよいよ加速していったのは、いうまでもありません。

第五章

新たな挑戦に備えて名古屋で体力を強化

若井クリニックに転院

すべてが特別待遇の日々／リハビリと注射でたちまち元気に

名古屋での入院生活

夜の病室は山形県人会／退院祝いのサプライズ／結果は心身ともに充実

若井クリニックに転院

山形県立中央病院に救急搬送されてから一一か月、リハビリに懸命に取り組んだ成果が少しずつ現われ、社会復帰する意志と目的が明確になりました。新たな目標も決まり、社会復帰の道筋が見えてきたところで、ようやく退院。

名古屋の若井クリニックへの転院目的は「体力をつける」、この一点でした。すでに精神的にも落ち着き、身の周りのことは一人でできるようになっていました。家族と離れて一人で病院生活を送ることにも、不安はありませんでした。

すべてが特別待遇の日々

特別待遇は入院当日からでした。名古屋市東区代官町にある若井クリニック院長の若井一郎先生は子どもさんのいないご夫婦二人の暮らしでした。「先生が夕飯をご一緒に、とおっしゃっていますのでどうぞ」と、お手伝いさんに案内されました。若井先生はアルコールを飲まず、奥さまはビールしか飲まれない方でした。

当時の若井先生は名古屋医師会の副会長で、入院設備を備えた開業医でもあることから取引先

からお酒をいただくことが多いとのこと。奥さまから、「じゃまだからぜんぶ飲んでいって」と勧められました。見ると食卓のそばの戸棚には高級ブランデーが数十本、ぼくは躊躇なく「ハイ」と応じました。

翌日から、院長公認の病室での酒飲みです。夜になるとお手伝いさんがベッド脇に応接テーブルを置き、つまみつきでお酒を準備してくれます。もちろん個室です。しばらくすると、お手伝いさんが、「あるだけ持ってくるので、自由に飲んでよ」。「じゃあ、お湯と水だけ準備してください」とお願いして、入院中にアルコール類はすべて飲みきり、奥さまに感謝される一幕。その後も、食事の招待はつづきました。

特別待遇はそれだけではありませんでした。ぼくの意見を聞いて、車いすでも入浴できるように浴室を改造。いちばん広い病室が用意されていましたが、「眺めと日当りはよいが、冬は寒いだろう」と二重窓に改造された部屋で、一人ですごしていました。

先生のお宅の酒がなくなってからは、夜になるとファストフードのお店から酒とつまみを配達で注文。三人の見習い看護師うちの一人は夜勤だったので、仕事のない二人とは、ぼくの部屋で酒盛り。ウソのように楽しい、賑やかな入院生活でした。

リハビリと注射でたちまち元気に

若井先生の専門は、ペインクリニック。文字どおり痛みを緩和させることが目的の診療科です。「内服薬による治療」、神経や神経周辺に局所麻酔薬を注射する「神経ブロック療法」、理学療法士のもとで運動によって機能改善・恢復をめざす「リハビリテーション」による治療を主に担っています。

一般の患者さんもいますが、特別な患者さんもいました。少し衰えていたとはいえ、まだ一線で活躍していたプロゴルファーの尾崎将司さんもその一人でした。若井先生と尾崎さんとは個人的なつきあいもあって、尾崎さんのパーティなどにも招待されていたようです。それに、名古屋といえば中日ドラゴンズ。野球選手も何人か治療にきていたようです。

ぼくのくわしい治療内容は控えますが、ひとつ自慢できることは、ふつうの人が一生に打つ注射の数の二〇倍以上を、ぼくは短期間に打ったことです。小指くらい太さの注射器の山、束にすれば直径一五センチほどにもなろうかという量を毎日、体のいろいろな部位に打たれ、ぼくはたちまち元気になりました。

名古屋での入院生活

ぼくが入院した同じ一九九四年の一一月に、「全国身体障害者スポーツ大会 名古屋大会、ゆめぴっく あいち」が二日間にわたって開催されました。これに関連して、当時としては先進的な公共施設などのバリアフリー化も進められていました。

原田先生と原田先生を介して友人になった東北大学教授の西 弘嗣先生は、お話の楽しい人です。このお二人が見舞いにきてくださったときには、このイベントに関連してか、「タクシー運転手やレストランの対応のよさに感心した」とおっしゃっていました。

夜の病室は山形県人会

入院して一か月を過ぎたころから、山形の人が次つぎと入院してくるようになりました。全員が鮨屋のオヤジから、「おんちゃんがいるから行け、といわれて名古屋まできた」というのです。職業も多様で、パチンコ店の経営者、ホテルマン、商店の経営者、工務店の棟梁など、六、七人はきました。しかも、全員がぼくの部屋での酒盛りに参加。お酒つきの入院生活は、ますます楽しいものになりました。

こんなこともありました。奥さまのお誘いで、ときどき名古屋ヒルトンホテル内にある中華料理店で食事をしていたころのことです。そんな縁もあって、体力もついてきたことだしというので、毎週末になるとこのホテルのハンデキャップ・ルームを予約して宿泊していたときのことです。

いつものように、夕飯を食べようとレストランのある階までエレベータで移動。ふかふかの絨毯を少し進むと、ぼくの目の前に素足の男がいて、その人物の周りを六、七人が囲んでいました。顔を見上げると、頭と髭はもじゃもじゃ。すぐわかりました、オウム真理教の総帥、麻原彰晃だと。二秒くらい見たかなぁ。すれ違いざまに互いに道を譲りあっただけでしたが、あとあと話題にできそうな出来事でした。

入院した翌年、一九九五年の一月一七日が、阪神・淡路大震災の年でした。夜も明けきらない早朝に一緒に病室にいた山形の人と、「こんなに揺れるようだと、震源地はすごい被害だろうな」などと話していたら、横倒しになったあの阪神高速道路の悲惨な状況がテレビに映しだされました。なんともいいようのない光景でした。見たい光景ではありません。

名古屋でリハビリをしているころ、つまり受傷から社会復帰までのあいだが、いちばん心の荒れた時期だったと思います。たぶん、自分でもわけのわからない不安が大きかったのでしょう。その不安を紛らわせる手段が、高級ホテル住まいと病室でのお酒だったのですが、それでも心は満たされなかったようです。妻にしょっちゅう電話して、名古屋まで呼び寄せていました。

退院祝いのサプライズ

若井先生には趣味がおありでした。バイオリンです。所持されているバイオリンは特別で、あのストラディバリウス。ご存じのように数億円はします。そのほか、バイオリンケースと弓、弦を揃えるだけでも数千万円とか。先生は、「愛知県医師会交響楽団」のコンサートマスターもされていました

おりしも先生はコンサートを間近に控えていました。山形交響楽団創立指揮者の村川千秋氏に特別に鍛えていただこうと「演奏の指導を依頼したところ、快く受けていただいた」と、ずいぶん喜ばれていました。ちなみに村川先生は山形県村山市のご出身で、映画『白昼の死角』やテレビドラマ『西部警察』、『あぶない刑事』、『はみだし刑事情熱系』などのシリーズを手掛けた村川透監督は弟さんです。その後、山形市内に暮らされている監督の娘さんご夫妻の自宅と、テレビドラマでもたびたびロケ地として利用される日本そばのお店を、縁あって私どもの「建装」が二〇一七年に建てることになります。

ぼくには音楽の世界はまるっきりわかりません。それでも、バイオリンにふれてみたい、音も聴いてみたいという好奇心はありました。若井先生に、「退院時に一曲演奏していただけませんか」とお願いしたところ、ご快諾いただきました。

退院の前夜、部屋にこられた先生は、「一曲だけ聴かせるよ」と曲名をおっしゃいましたが、ぼくにわかろうはずはありません。観客は一人だけの、超贅沢なバイオリン・コンサートです。ストラディバリウスの音の迫力がすごかったことだけは覚えています。

こうして、日本で取り組めるリハビリの目標は、すべて目標どおりやりきりました。

結果は心身ともに充実

ここまで読んでいただくと、若井クリニックでの生活は、ただただ遊んでいただけのように思われるかもしれません。いえいえ、そうでもなかったのですよ。こんごの生活を深く考えたときに心の奥底にじわりと襲ってくる恐怖と不安は、やはり消えません。だからでしょうが、指示される治療のほかにも、自分なりの独自のリハビリに励んでいました。

電動の起立訓練台の設備の準備から体を固定するセットまでを一人で行ない、午前中は二時間の起立訓練。午後からは治療があって、就寝前にも二時間の起立訓練を欠かさずつづけていました。かつてのように意識的に楽しもうとするのではなく、自然に取り組めるリハビリに成長していました。週末のホテル住まいは、社会参加と市中行動で体力の増強、社会対応能力の増進をはかる目的もありました。

こうして体力は充分につき、社会対応の訓練もできて、世間の視線が気にならなくなりました。

申しぶんのないほどの成果をあげることができたと感じました。

あらためて思い返してみても、若井先生ご夫妻には、ぼくの第二の人生の体をつくっていただいたと感謝しています。精神も鍛えていただきました。社会に出ても風評に耐えることのできる人間に育てていただきました。先生には子どもさんがいなかったことで、とくに目をかけていただいたのではないかと感謝しております。勝手ながら、ぼくは先生夫妻の子どもくらいに思っています。

若井クリニックには、五か月ほどお世話になりました。次のリハビリの最終段階は、いよいよアメリカで迎えます。ぼくは一年四か月ぶりに山形の自宅にもどり、二週間ほどをかけて渡米の準備を整えました。生きてふたたび自室で、妻と子どもたちとともに食卓を囲み、同じ時をすごすことができたのです。

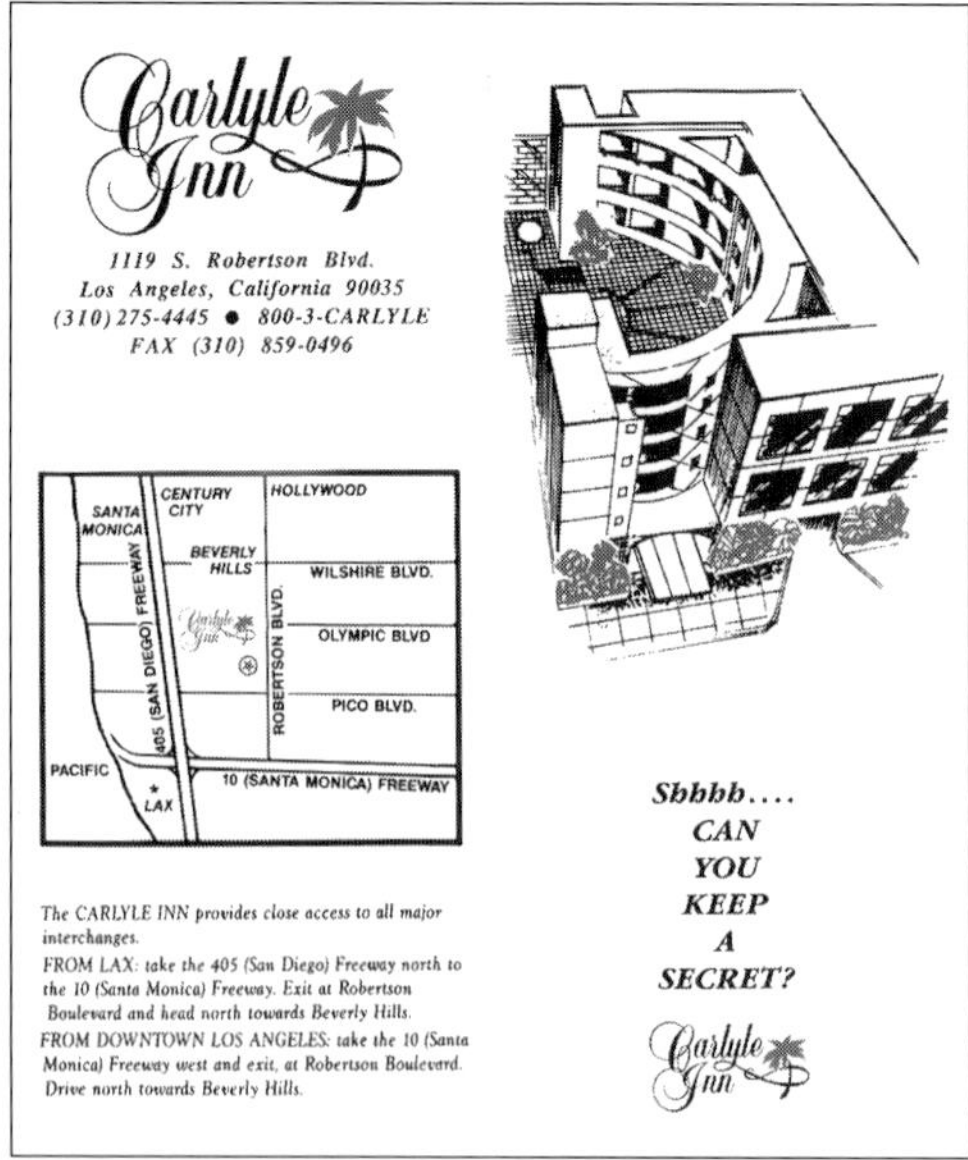

ピアーズ・プログラムに取り組むために約４か月間滞在した
ロスアンゼルスのホテル「カーライル・イン」のパンフレット

第六章

アメリカでのリハビリの日々

ピアーズ・プログラムとの出会い
アメリカの病院と交渉／自力歩行を新たな目標に

アメリカで知った別の世界
ホテルは長期滞在契約、銀行口座も開設／レンタカーまで手動運転補助装置付き／セスナ機に乗ってグランドキャニオンを見学

ピアーズ・プログラムの精神と考え方
スタッフと患者、患者間の交流　言葉はたいした障壁じゃない／励ましあいのリハビリ
人生設計と社会のしくみ、バルネラブル

恵まれたホテルの立地
設備とサービス　クリニックとの往復の日々／ホテルのレストランは語学教室／寿司もあれば焼き肉もある
リハビリのあいまの楽しみ　ロスとハリウッドを楽しむ／ユニバーサル・スタジオとビーチ
その他の楽しみ

日本からの見舞客と下見客

ピアーズ・プログラムとの出会い

たしかにぼくは、「働き、収入を得て、納税する」、「もう一度気球に乗る」と決めていました。でも、具体的にリハビリはどこまでやればよいのか、その最終着地点は決められていませんでした。ただやるしかない、の想いだけで毎日をすごしていたのです。

そんなときに飛びこんできたのが、ピアーズ・プログラムのニュースでした。この情報を得たぼくは、これまで経験したことのない力と勇気とやる気を、天から与えられたような衝撃を受けたのです。その施設はアメリカのロスアンゼルスにありました。

アメリカの病院と交渉

ニュースを見たぼくは思わず「俺、行く」と叫び、その勢いで翌日には妻にそのことを伝えましたが、返答はありません。これをぼくは、「どうせ行くんでしょう。だったらどうぞ」といっていると受け取り、渡米の段取りにかかります。

手はじめに、ニュースの内容を確認することからはじめました。そうはいっても、当時のぼくは、リハビリは進んでいたものの、まだ指の力が弱くて字すらまともに書けない状態でした。交

渉の段取りや準備・連絡は、すべて原田先生にお願いしました。

原田先生はまず、「ニュース23」のキャスターである筑紫哲也さん宛に、事情を書いた手紙を出しました。そうしたところ、「筑紫さんはあまりにも忙しいので」と、同じキャスターの浜尾朱美さんから折り返しの手紙がすぐに届きました。内容は、取材した長崎放送の担当ディレクター、テレビで紹介された長崎の女性のお母さんの連絡先でした。脊椎を損傷した日本人女性は、長崎に暮らす女子大生でした。

その女子大生のお母さんに電話すると、アメリカの施設のくわしい内容や施設の正式名称、電話番号、ホテルでの暮らしなどを教えてくださいました。渡米は身近なものに感じられるようになります。問題は、先方の病院が受け入れてくれるかどうかです。

原田先生にすべてをお任せして、病室に備えつけの電話でアメリカの施設と交渉したところ、「受け入れるが、体力をつけてからくるように」との返事でした。これまでも体力をつけるリハビリを工夫しながら進めていましたが、たしかにアメリカで生活するには体力はまだまだ足りない。ピアーズ・プログラムとの交渉の途中で、このことに気づかされました。「自分のことは自分一人でできる」、これが受け入れの前提でした。一段アップしたリハビリ、「自分のことは自分でする」がぼくの当面の大目標となりました。

あとは行動あるのみ。この決意が、全身起立のトレーニングや名古屋の若井クリニックへの転院に繫がったのです。

自力歩行を新たな目標に

ピアーズ・プログラムに参加する目的は三つありました。

一つは、補装具を手に入れること。テレビの映像で見た長崎の女学生のような長距離の歩行まではは望まないものの、ぼくは自力で立ちたかったのです。起立台があれば立つことはできても、揺れる熱気球でフライトするにはなんらかの補装具が必要だったのです。自力で立った姿勢を、二時間は維持できるようになりたかったのです。それができないようだと、もう一度気球に乗る目標は達成できない。それには簡便な補装具が必要でしたが、国内にはそのような装具が見当たらなかったのです。

もう一つの目標がありました。自活能力の向上です。遊んで暮らしているときのぼくに向けられる世間の視線に、ぼくは気づいていないふりをすることには慣れていました。とはいえ、社会に出て仕事をするとなれば、すべてに責任を伴います。障碍者だからといって、甘えは許されない。当たり前です。

社会で自立した生き方をしようとすれば、覚悟をもって当たらねばなりません。知りあいはだれもいない、言葉も通じない異国は、そういう生き方に慣れる、訓練するうえで、もってこいの

場所だと考えたのです。

山形県立中央病院では、道筋の見えないままであったとしても、立つことはできるようになりました。アメリカでのリハビリで目標が達成できれば、気球の世界にもう一度もどって大空高く舞い上がることができる。仕事をして収入を得て、納税者に復帰できる。そういうぼくの計画を、完全に達成できるはずだ。そんなことを目論んでいました。

じつは、もっと欲深いことも考えていました。よい機会だから、半年くらいはアメリカ暮らしもよいかな、などと夢みていたのです。これが三つめの目標でした。

アメリカで知った別の世界

山形県立中央病院と名古屋のクリニックを経て一年四か月ぶりに自宅にもどったぼくは、渡米の準備に追われます。与えられた猶予は約二週間。この間にパスポートと長期滞在ビザの取得、自動車運転の国際免許の申請、資金準備などをすませる必要がありました。ビザの取得は山形市内の観光会社に依頼したところ、「医療目的はビザがいらないから大丈夫」ということでした。

ところが、このビザなし渡米が三か月後に大問題に発展するとは、だれもが夢にも思っていませんでした。

ホテルは長期滞在契約、銀行口座も開設

一九九五年三月、東北新幹線山形駅から成田経由でアメリカに向かいました。渡米には、原田先生に同行をお願いしました。理由は簡単です。ぼくたち夫婦ともに、英語はまるっきり話せません。アメリカの空港に降りたつことはできても、なにもできません。すべてお願いするしかありません。すべての手続きは、アメリカ生活の経験のある原田先生のお陰で、スムーズに進行しました。

このときも、ぼくは恵まれていました。円高の時代で、現地での一ドルの交換レートが七五円くらいだったのです。いま思うと、夢のような時代でした。

目的の「ピアーズ・プログラム」は、ロス市内の住宅街の一角にありました。どこかのお店の裏側かと思わせるような、小さな平屋建ての建物でした。日本によくある、いかにも「ここが病院です」というような雰囲気は、まったくありません。

三人で恐る恐る内部に入ると、「狭くて人が多い」という意外な印象でした。入院設備はなく、患者、付き添い、リハビリのスタッフ、医師、その他ゴチャゴチャいて、施設の一角にリハビリ機器が置いてあるという、子どもの遊技場のように賑やかなリハビリ専門の施設でした。

最初にＡ・バーンズ博士から治療内容と全体の流れについて説明を受けました。治療費は一週間の五日分をまとめて二五〇〇ドル、約一八万七五〇〇円を、毎週末に小切手で支払う約束だっ

長期滞在先のホテルの玄関に掲げられた日章旗

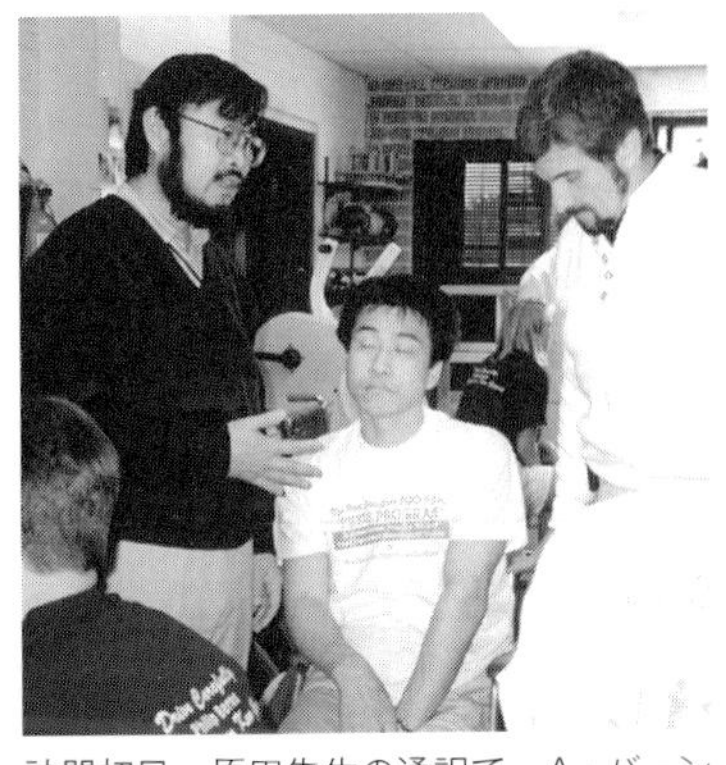

訪問初日、原田先生の通訳で、A・バーンズ博士から治療計画の説明を受ける

たと思います。

長期滞在先として長崎の女子大生のお母さんから紹介されたホテル、「カーライル・イン（Carlyle Inn）」は、車いすでも生活できるし、ピアーズ・プログラムにも一人で通える距離でした。ロスの繁華街にあり、遊ぶにも悪くない立地でもありました。

長ければ半年間はこのホテルですごさなければならないことから、値段交渉の結果、一泊一二〇ドルを八〇ドルで決まりました。当時の日本の都内のビジネスホテル一泊と、そう変わらなかったように記憶しています。

いつのころか忘れましたが、車で出かけたときに滞在ホテルを探しやすくする目印に、ホテル正面玄関上の壁面に日本国旗を掲げるポールを取り付けてもらいました。国旗を見たときはビップになったような気がして正直、少し誇らしく思ったものです。

そのほか、日常で使う小遣いなど、すべての行動にお金は必要です。日本から持ちこんだカードはありましたが、やはり銀行口座の開設は必要でした。

円高でしたから、七、八か月滞在しても大丈夫なくらいの日本円を、妻のいく子は帰国してから一度に振りこんでくれました。口座開設の手続きも、もちろん原田先生の出番でした。

レンタカーまで手動運転補助装置付き

障碍者でも運転できる車があると聞いていたことから、日本を出るときに車の国際運転免許を申請していたので、レンタカーを借りることにしました。ところが、ここで衝撃的な出会いを経験します。足の動かないぼくに、お店の人は「自由に車を選んでいいよ」というのです。

選んだのは、アメリカらしいスポーツタイプの車、ポンティアック。手続きに四〇分くらいはかかったかと思います。保険は万全に入っておくなどの手続きが終わったころには、障碍者でも運転できるようにする器具、運転補助装置がハンドルに取り付けられていました。

アメリカでは障碍者でも自由に車を選べて、障碍のある人間が運転できる装置を一時間以内に取り付けて貸し出してくれるのです。日本にはない装備とサービスです。しかも、公共機関を利用して目的地に着けば、近くには必ずレンタカー会社があって、「どこの店でも同じような対応をしてくれますよ」と聞いて、二度ビックリです。

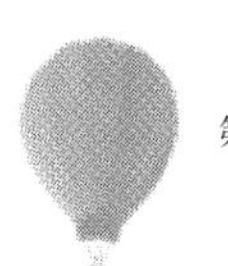

約4か月におよぶアメリカ暮らしの相棒、ポアンティック

操作は簡単でした。ハンドルの左脇にレバーがあり、そのレバーを下げればアクセル、前方に押せばブレーキ。足での操作は不要です。方向指示器やライトなどの操作は既存の機器をそのまま利用すればよいので、だれにでもすぐ操作できます。そんな簡単な優れモノでした。ぼくは、このレンタカーで約四か月で八〇〇〇キロメートル以上を走りました。

運転マナーは日本と変わりません。ただし、通行は日本とは左右逆です。安全を期して、運転講習をお願いしました。日本の自動車学校と違い、街中での個人講習です。指導者がホテルまできて、ぼくが乗る車で講習します。アメリカらしく現金で先払いすると、いきなりぼくが運転することになります。双方ともに相手の言葉が話せないので、ジェスチャーでの意思疎通です。

一日目の二時間は、住宅街と街中での走り方。言葉は通じないのに、なぜかわかりやすい。二日目は高速道路の走り方。まともに英語が読めないぼくでも、交通標識はわかりやすくて走りやすいと感じました。これに比べて、日本の交通標識はわかりづらいと感じているのは、ぼくだけでしょうか。

二日間で四時間。たったこれだけで、どこでも走れる自信がもてる講習でした。

セスナ機に乗ってグランドキャニオンを見学

各種の手続きを終えた後は、遊びが待っていました。同行の原田先生のお勧めは、アリゾナ州北部のグランドキャニオンの見学。世界遺産に登録されている峡谷で、カリフォルニア州の南部はこのアリゾナ州に接しています。むろんぼくたちに異存はなく、日帰りで出かけました。

ロスからの交通手段は、往復ともにセスナ機。グランドキャニオン国立公園空港から公園入口までは車で二〇分ほど。セスナ機はぼくもいく子も初めての経験で、機内から見る真っ白い塩田の眺めも、地質学者の原田先生の解説も楽しくてしょうがない状態のぼく。しかし、一〇人乗りのセスナ機は狭いうえ、低空を飛行するから揺れは激しい。

そんなセスナに車いすで乗るには、それなりにたいへんです。荷物をセスナに乗せるための昇降機に乗せてもらい、後部の出入口から機内の客室に入り、座席に着くのです。

このときの乗客は、ぼくたち三人と新婚さん三組、それに現地案内人とパイロットで満席でした。揺れがいちばん激しい最後尾に着座した原田先生とぼくとパイロットだけが楽しんでいるなかで、いく子をはじめ、ほかのみなさんは一言もない。顔も上げずに、お辞儀をしたままだった

初めてセスナ機に乗ってグランドキャニオン見学に

ことが強烈な記憶として残っています。

グランドキャニオンに着いたぼくたちは、あらためて原田先生からグランドキャニオン誕生と地殻変動について教えていただきました。およそ七〇〇〇万年前に浅い海の底であったこの地域は、地殻変動によって隆起しはじめ、五〇〇〇万年ほど前にはコロラド川によって浸食がはじまったそうです。長年の浸食作用で土地が削り出されることで、五〇〇〇万年前には峡谷はほぼこの地形になり、現在のような峡谷になったのは約二〇〇〇万年前とのこと。

原田先生のそういう解説を聞いても、自然の力と果てしない時間とがつくるその光景をどう表したらよいのか、正直いまも表現できません。それだけのインパクトがありました。

あとになって一つ残念に思ったことがあります。ヘリコプターで谷間を飛ぶことを、なぜ思いつかなかったのかです。

この旅のあと、二人はまもなく帰国します。一人とり残された気分でした。

ピアーズ・プログラムの精神と考え方

日本の病院とは、リハビリのやり方も雰囲気も、まるっきり違っていました。経営者のポール・A・バーンズ博士は商売っ気丸出しの人でしたが、もう一人の理学療法士のロイ・ダグラスとは、いつも友好的な関係ですごすことができました。

この施設の治療内容は各種の機械を使ったリハビリですが、主体はロイ・ダグラス博士の考案した補装具「往復歩行システム」を利用してのトレーニングでした。主にぼくのような車いすの人の症状に合わせてつくった補装具を着け、歩行器を利用して歩いて移動するのです。これが施設の売りでした。

施設の雰囲気は基本的に明るく、そして賑やか。付添人も患者のそばで話しかけながら、楽しくすごします。井戸端会議やサロンのような場所です。リハビリの機器も違います。しかし、どちらかというと日本のフイットネス・クラブにあるスポーツ器具にちかいものばかりです。見た目も実際も、陳腐で簡単なものばかりでした。

しかし、患者の主体性を重んじるという点では、ずいぶん個性的でした。その日に取り組みたいことを各自が考え、リハビリのプログラムと機械を選ぶのです。インストラクターは、用意し

ピアーズ・プログラムの創始者ロイ・ダグラス博士と

たプログラムを患者に指示するのではなく、患者の希望に沿って指導します。自分でリハビリの内容を選ぶのです。リハビリをやらされるのでなく、各自が主体的に取り組むのです。

このしくみと雰囲気はぼくが日本で望んでいたもので、ぼくという人間の性分にピッタリ合ったシステムでした。ますます、「がんばろう」という気分になりました。しかし、リハビリに積極的でない人には向かない方式でもありました。

そういうピアーズ・プログラムは、現在は存在しません。似た名前の施設はありますが、神経科の治療施設のようです。

スタッフと患者、患者間の交流

英語で会話ができないぼくでしたから、つねに隣にいるスタッフとは世間話が会話の中心。リハビリの話題になることはほとんどないのですが、よい関係が結べていました。先日の休みはどんな一日だったとか、一九九五年でしたからアメリカン・フットボールの往年のスター選手、O・J・シンプソンが元妻を殺した容疑の裁判の話や、大リーグのロサンゼルス・ドジャースに入団した野茂英雄投手の話題が多かったように記憶しています。

野茂さんは、ぼくが渡米した同じ九五年五月二日にサンフランシスコ・ジャイアンツ戦に初登板して、たいへんな注目を浴びました。この初戦は、五回九一球を投げて一安打、七奪三振の無失点。残念ながら、勝利投手にはなれませんでした。初めての勝利は、七試合目まで待たないといけなかったのですが、この年のオールスター戦に選ばれ、翌年には最初のノーヒット・ノーランを記録しています。日米の新聞テレビをずいぶん賑わせたものです。

後日、スタッフの一人からドジャース球場で野茂さんが先発する試合に招待を受けました。野茂さんの背番号16のピンバッチを買ったこと、ホットドックが美味しかったことが印象的でした。

このときは、同じ治療施設、同じホテルに住んでいたタケこと松田武久くんと彼のお母さんも、ぼくの車で一緒に観戦に行きました。乗っていた車がスポーツタイプで、しかも二人とも車いす。二台の車いすは車のトランクに入りきらず、アメリカだからたぶん問題にならないだろうと、トランクを開けたままヒヤヒヤしながら帰ったこともよき思い出です。松田くんとの交流については後述します。

リハビリ仲間の彼は強盗犯。警官に撃たれて障碍者となった

言葉はたいした障壁じゃない

患者さんのタイプは日本とは違い、病気の人はいません。戦争、交通事故、スポーツ、喧嘩などで障碍を負った男女が中心でした。そんななかに、神父の息子で強盗を働いて警官に拳銃で撃たれて脊髄を損傷した男がいました。妙にウマがあって友だちになりましたが、アメリカの犯罪事情の裏側をちょっぴり垣間見ました。

交流は患者間だけでなく、患者に付き添っている人とも、おのずと友だちのような関係になります。プライベートで会うことはありませんでしたが、一人だけ例外がいました。クリスというインストラクターですが、副業と転職の相談でホテルに訪ねてくることもありました。

ぼくは最後まで英語は話せないままでしたが、アメリカに行くと決めたときでも言葉の不安はありませんでした。大工の修業時代にアメリカの兵隊たちと一緒に酒を飲み、夜を徹して遊んだ

インストラクターのクリスは、ドジャース戦のチケットをプレゼントしてくれた

経験から、言葉が通じなくとも意思疎通はできることを体験的に学んでいたからです。

そうはいっても、どうしても英語が必要なときもあります。そんなときは、原田先生からいただいて肌身離さず持ち歩いたポケット・サイズの三省堂『デイリー コンサイス英和・和英辞典』が役にたちました。これに加えて、少々の居直りの勇気があれば困ることはありません。

励ましあいのリハビリ

患者どうしは気があえばすぐにお友だちです。おやつや昼食を一緒に食べることもあって、急速にちかづきます。飲み物とおやつは施設側で準備し、全員がそろって休憩します。インストラクターはつねに患者に声をかけて励まし、楽しい話題を提供して賑やかにすごします。

ぼくが施設に通うのは主に午前中でした。昼をまたぐときは、近くのピザ屋から買ってきたものをリハビリ室で食べ、リハビリを再開します。二時間ほどを目途に終了です。

義理での声かけでなく、なにげない声掛けががんばりに繋がります。スタッフの声かけに、「がんばれ」はほとんどありません。「昨日の夜は楽しんだか？　こんどの休みはどこに行く？」などの声掛けです。たまには、日常に必要な単語を教えてくれたりもします。

そんな会話がほとんどであることから、少しの単語を拾い、単語で返すだけで会話はつづきます。スタッフはたまにホテルまで遊びにくることもあって、リハビリがますます楽しくなったことはいうまでもありません。

通いはじめて二か月を過ぎたころ、ぼくが求めていた補装具が完成して手許に届きました。とにかくうれしかった。ぼくの症状だと、この補装具を着けても長崎の女学生さんのように数百メートルも移動できるようにはならないことは、ぼく自身も理解していました。そこまで求めてはいませんでした。でも、この補装具を着けて四、五メートル移動できれば、ぼくの世界が一新するイメージでした。

ともかく、ふたたび気球に乗ることが目的です。そのための起立訓練であり、一定時間を立ちつづけるには、どうしても補装具が必要だったのです。実際に手に取ると、車いすに座ったままや車の運転席で装着できるという、コンパクトな優れモノでした。あとは装着になれるだけ。もっとも、このあとに驚くことになるのですが、円高の当時でも一〇〇万円以上しました。高くつきました。それでものちには、こうして手に入れた装具を着けると、気球に乗れるようになったのです。空の遊びを楽しむことができるまでに復帰できたのです。

人生設計と社会のしくみ、バルネラブル

この施設に通う患者さんの多くは、元の暮らし、社会にもどって働きたいと考えていました。ある女性の例です。彼女は三十代でスポーツをしていて障碍者になったらしく、障碍者になってから、日本でいえば小学校の教師になったようです。それだけでもすごいと思うのに、学校で子どもたちと日常的に関わり遊ぶには体力が足りないと感じたことが、この施設に通うことにした理由だというのです。その体力をつけるためだけに、自費で高額な治療を受けにきていたのです。

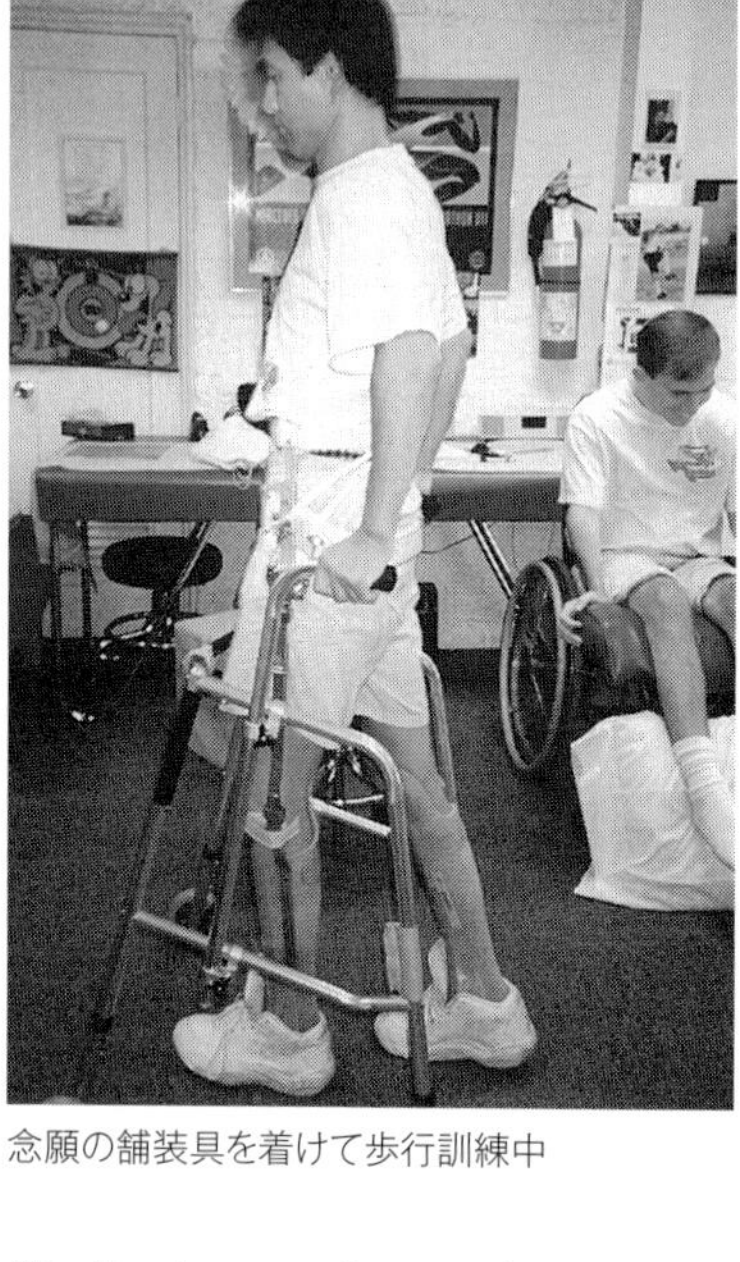

念願の舗装具を着けて歩行訓練中

障碍者だからと甘えることなく、しっかりとした人生設計をもって仕事に向きあう姿勢から、ぼくは学ぶことが多々ありました。そう

いう積極的な意志を支援する体制を、アメリカ社会は充分に備えていると感じました。本人が望めば容易に社会参加できる社会を羨ましく思いました。

公共機関はすべて乗車拒否されることなく利用できるし、どこでもレンタカーを借りられる。人が自由に移動できることを保証しているのです。

その一方で、「制度を整えたのだから、この先は自分でがんばりなさい」という考え方も、その根底にはあるのです。望めば積極的に受け入れるが、やる気のない人には厳しい。こういう社会の制度が整っているのです。これがアメリカ社会のシステムのようです。

アメリカではそもそも、障碍者とはいいません。「障碍のある人、障碍とともに生きる人」という言い方をします。子どもであれば障碍児とはいわないで「特別なニーズのある子ども」とよび、あくまでも「人」に焦点を当てて、健常者と変わらない権利があることを強調しています。

だから､弱者ともいいません。代わりに「バルネラブル」という言い方をします。「ボーナブル」という発音がちかいかもしれません。弱者ではなく、困っていたり、支えが必要だったりする状態を指すことばです。ですから、肉体的障碍にかぎらず、瞬間的に精神的に不安になって困って、だれかの支えが必要だったりする状態に置かれていても、バルネラブルです。障碍の有無にかかわらず、人間だれしもが経験するかもしれない事態です。ですから、この考え方の根っこにあるのは、日本のように「弱者を思いやる視点」でなく、「弱者をつくらない視点」です。

日本も、いつかそのような考えで暮らせるようになったら、障碍があっても就労しよう、就労したいと考える方が多くなるのではないかと思います。

こんな経験もしました。車道と歩道には段差があります。段差にはスロープがあります、場所によっては急なスロープもあって、障碍者が車いすで越えるには困難なことがあります。そんなところで乗り越えに難儀していても、日本ではだれも声をかけてはくれません。でも、アメリカは違いました。

ホテルの近くの日本人経営の寿司屋に行こうとすると、そういう難儀な思いをするスロープがあるのです。すると、見かねた通行人は声をかけてくれます。小学生の子どもや、見るからに浮浪者のような人からも、「ユー・オーケー?」と尋ねて、手伝ってくれようとするのです。多発するピストル強盗や殺人事件など、残虐で怖いイメージの強いアメリカですが、その反面で「社会道徳は行き届いているな」と感じさせる一場面でもありました。

恵まれたホテルの立地

ぼくが滞在していたホテルは、ロスのなかでも遊ぶには最高の場所にありました。車で南に下れば、まもなくあのロングビーチ、若者文化の発祥の地であり、ビーチ・リゾートと街とが一体

渡米当日、妻のいく子と滞在先のホテルの中庭で。ジャグジーは階段の上に

となった港町です（一一二ページの地図参照）。引退後の豪華客船「クイーン メリー号」が静態保存され、博物館船兼ホテルとしても利用されて人気を集めています。なかでも、ここからのヘリによるナイト・フライトは、楽しくフライトできるいちばんの場所として、ぼくのお勧めです。

ホテルからサンタモニカ通りを西に向かえば、カルバーシティを経由して四〇分でサンタモニカ・ビーチに着きます。ホテルから北に向かえば、一時間でビバリーヒルズや有名人たちの手形のあるハリウッド。そこから西に行けば、サーフインで人気のマリブ海岸です。

設備とサービス

リハビリ施設には、ホテルから車いすで住宅街を抜けて二五分ほどで到着です。リハビリが終わったら、のんびりと帰ります。治安もよく、現地の人たちの日常の暮らしを観察できる楽しい立地にありました。

ホテルは木造四階建ての円形の建物でした。アメリカらしく、セキュリティを意識した平面計画と構造です。一階はフロントと駐車場、それにエレベータを備えていて、中庭では毎日、バイキング形式で昼食が無料提供されます。リハビリに通っていたぼくは利用できませんでしたが、テラスにはジャグジーがあり、なんとなくリゾート気分も味わえるホテルです。

宿泊者の目に入る従業員は、フロントの女性一人だけ。レストランにはコックとウェイターの二人がいましたが、雇用関係は不明。それ以外のスタッフを見たことはありません。滞在中に日本人宿泊客を見かけたのは、二度だけでした。

クリニックとの往復の日々

朝は、九時半ころにホテルを出発。映画に出てくるような広い前庭のある大きな家々と、南国を思わせるヤシの街路樹が美しい住宅街の中の幅の広い歩道を車いすで進み、リハビリ施設に向かいます。ふだんは、ほとんど人影はありませんが、天気のよい休日や学校が休みの日は子どもたちが道端で遊んでいます。そういう子どもたちと挨拶をかわしながらの移動は、けっこう楽しいものです。

こんなこともありました。夏休みのある日、子どもたち数人が歩道でお店を出していました。ポケット辞書を片手に話を聞いてみると、友だちと共同でクッキーを焼いて、こうして売っているとのこと。どんな方法でもよいからお金を得るというのが学校の課題でした。小学生の低学年の子どもたちでした。アメリカではこんなに幼いころから、「働いてお金を得る勉強をするんだ」と。ずいぶん感心したものです。

ウェイターのラモンとは意気投合し、毎晩酒盛り

ホテルのレストランは語学教室

ホテルにレストランはありましたが、なぜか宿泊客が入っているのを見たことはありませんでした。コックとウェイターの二人が常駐していて、ともにメキシコ人でした。ぼくは夜にしかレストランを利用しませんでしたが、お酒の持ちこみはOK。ウェイターのラモンと毎晩のように飲んでいました。ぼくはバーボンとビールを持ちこみ、ラモンはお店のテキーラをくすねているようでした。

言葉は通じないまま楽しく飲んでいましたが、そのうち、「暇なので互いに英語と日本語を教えあおう」ということになりました。毎晩、筆記用具を持ちこんで勉強、いや、遊んでいました。そういうところに、交通事故が原因の脊髄損傷で治療にきていた兵庫県出身のタケこと、松田武久くんも加わりました。

夜の語学教室は楽しかったのですが、しょせん酒を飲みながらのことです。松田くんには身についても、翌日にはほとんど忘れているぼくの英語力が向上することはありませんでした。それでもアメリカでの暮らしは、リハビリの内容も含めて、ぼくに合っていたように思います。

寿司もあれば焼き肉もある

ホテルから歩いて五分くらい離れたところに、日本人の経営する寿司店がありました。客はすべてアメリカ人でしたが、スタッフは全員が日本人で繁盛していました。言葉が通じることから、一〇日に一度は通っていました。メニューは、アメリカらしいカリフォルニア・ロール、アボガド巻きなど。そういう変わり寿司も一度は試したものの、あとはお刺身だけをつまみに、酒を飲んでいました。

お店を出るときには塩だけの、ノリなしの大きなおにぎりを三個握ってもらい、ホテルで食べていました。二個は余るのですが、気候が乾燥しているからか、そのまま保存しても三日くらいは食べられました。

おにぎりには、おかずもつけてもらいました。きゅうりのピクルスには、鰹節と醤油を少々たらしていただきます。日本の漬物の感じがして、これがけっこううまい。原田先生から教えられた食べ方です。みなさんも試してみてください。

近くには、そのほかいろいろなレストランがそろっていました。ファミレス、焼き肉、ステーキ、どこに行ってもそれなりに美味しく楽しめます。それでも、ふだんから少食なぼくからすると、日本でいう大盛りよりもさらに多い量には驚きました。とくに焼き肉は、日本の感覚で注文すると四人前ほどの肉の山です。生肉ですから持ち帰ることもできず、とんでもない量を残してしまうことになりました。そんな失敗も、慣れてしまえばなくなります。

リハビリのあいまの楽しみ

日常の食事は、ホテルでとりました。日々のリハビリを終えると午後はホテルに帰り、ホテルの中庭に用意されているバイキング形式の簡単な無料の食事で昼食をすませます。簡単な食事とはいえ、そこはアメリカ。品数もボリュームもけっこうあります。ときにはスーパーで買ってきた弁当であったり、寿司屋のおにぎりであったりもしました。

ささやかな楽しみもあります。マクドナルドも美味しく飽きることはなかったのですが、寿司以外の日本食を喰いたい、日本語の本を読みたいなど、ホームシックではないがそんな気分になる。

それを満たすスーパーがソニーピクチャーズスタジオのあるカルバーシティにありました。狭い店内ですが二時間はすごすことができます。原因は本です。単行本の一冊の値段が定価より五〇パーセントは高かった記憶で、さすがに高いので選定に時間がかかりました。

ロスとハリウッドを楽しむ

ハリウッドにやってきたお上りさんが好む最高の観光地は、高級住宅地のビバリーヒルズ内にあるショッピング・ストリート「ロデオドライブ」でしょう。といっても、ぼくが楽しめるのはウィンドウ・ショッピングだけ。ご存じのように、ビバリーヒルズはハリウッドのスター、舞台俳優、歌手、モデルなどの高所得者が住む町で、店頭に並ぶブランド商品はあまりにも高額すぎて、気楽に買えるものではありません。

それでも、やはりロデオドライブです。見るべきは、お店だけではありません。周辺の建物や豪邸のデザインや色使い、歩道を飾るヤシの木、道路わきに駐車している豪華で巨大なリムジン、見るからに高級そうなスポーツカーなど、暇をつぶすにはもってこいの場所です。

なかには、だれもが自由に入店できそうにはない威厳のあるお店もありました。それでも不思議と、ぼくはどのようなお店からも入店を断わられたことはありません。ロデオドライブには、そういうお金持ち社会の一端を垣間見ることができたというよいイメージしかありません。

リハビリがお休みの週末の二日を、ホテルですごすことはありませんでした。街の随所に、大型の洗濯機を備えたコイン・ランドリーがありました。ぼくもときどき利用しましたが、ここもアメリカ人の暮らしの一部を垣間見る、退屈しない興味深い場所でした。

ロス市内の巨大ショッピング・モールも、時間つぶしと遊びにはよい場所です。全店を見ようものなら一日をかけて楽しむことになります。ブランドものを身に着ける趣味のないぼくは、気に入ったTシャツを買うていどで、ファストフードを食べ・飲みながらの人間ウォッチングなどを楽しみます。これに飽きることはありません。酔いを覚まして帰ります。

巨大ショッピング・モールでは、笑い話で終わらない、泣きたくなるような失敗談があります。入国まもない立体駐車場のできごとです。日本ではなにげなくどこに車を停めても、不思議とその場にもどることができます。これが問題でした。そこは車社会のアメリカ、駐車場の階数は五、六階もあり、広さも半端ではなかったのです。

酔いも覚め、駐車場に行って帰ろうとしても、ぼくの車は見当たりません。日本のように、「このあたりに停めたな」といいかげんに覚えていたのが間違いでした。あたりを冷静に見まわすと、景色は同じパターンの連続。柱に数字と記号があるだけでした。

ぼくは初めて事態の深刻さを知ります。酔いはすでに覚めてはいたものの、顔が青くなった恐怖感は、いまも記憶に鮮明に残っています。

気を取りなおして、一階と屋上だけは違うことは覚えていたので、二階からすべて探し回るしかないはめに陥りました。何階だったかは忘れていますが、車いすで一時間以上も探し回って、ようやく自分の車を見つけたときのよろこびは感動ものでした。

以後、ぼくはどこに行っても必ず駐車位置を意識するようになり、日本に帰ったいまも当時のクセは抜けていません。みなさんもアメリカに行かれたときは気をつけてください。

ユニバーサル・スタジオとビーチ

時間があれば、ユニバーサル・スタジオで一日をすごすことが多くありました。ユニバーサル・スタジオの年会費は一万円たらずで、入場料には高額な駐車場代も含まれています。二回くらいの利用で元が取れる値段でしたから、躊躇なく年間パスを購入。六、七回は行きました。

ただし、数あるアトラクションは一度しか観ていません。なにをしていたかというと、ロスはつねに天気がよいので、入場するとそのまま出口ゲート付近まで行き、ビールとつまみを買ってのんびりとチビリ、チビリ、そして酔い覚ましにうたた寝です。

入口は豪華で華やかですが、出口付近は華やかさに欠けます。でも、それがよいのです。土産物店や食べ物店が数店あり、広場には樹木が植栽されていて日陰もあります。ゆったり、静かにすごすには最適なところです。

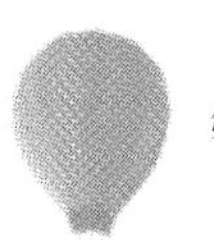

ユニバーサル・スタジオでばったり会った友人の竹川さん

めずらしいことがありました。いつもの場所でいつものように飲んでいたら、目の前に知っている顔が現われたのです。山形で経営コンサルタントをしている友人の竹川敏夫さんでした。山形の地元商店主たちの視察に同行したそうで、偶然のことでした。彼はコンサルタントの仕事で何度かきているので、アトラクションは見ずに、視察団のみなさんを見つけやすいようにと、最初から出口近くで待っていたそうです。あとでお会いした視察団には、顔見知りが数人いました。

ロスといえば、忘れてはならないのがディズニーランド。一度だけでしたが、門前まで行きましたが、魅力を感じなかったので入場せず、その後も行くことはありませんでした。

車でホテルを出ると、四〇分でサンタモニカ海岸です。西海岸の雰囲気を味わおうと何度か行きました。障碍者でも海に近づけるように、砂浜に歩道が整備されていました。スケボーなども楽しめるようになっています。だれもが自由で開放的な空間を楽しめるようにしよう、そういう社会の考え方が生み出す雰囲気は、日本とは大違いです。

そのうえ、若くてスタイルのよい女性たちが、水着やタンクトップ、短パンなどの姿で、惜しげもなく肌を露出しています。ぼくのように少しスケベーな中年のオジサンたちには、目の保養ができるお勧めのスポットでもあります。海に突き出した桟橋にある人気のお店でも、ぼくにはビールとつまみは欠かせません。酔いが覚めるまで、目の保養と人間ウォッチングを楽しんで帰ります。

その他の楽しみ

滞在期間中のぼくの休日は、回遊魚のマグロやアジのように、留まることなくつねに目標をもって移動していました。興味本位で見てみたかっただけでしたが、南カリフォルニア大学の見学もその一つでした。検問もなく構内に車で入れましたが、校舎内に入ることはありませんでした。車いすで見学していると売店があったので入ってみると、ノート、カード、画用紙など、紙専門の店でした。

妻もぼくも六月生まれなので、バースデー・カードを買おうとして置いてある場所を聞こうとしても、ぼくの発音では通じません。いろいろな発音、表現をしたのですが、最後まで通じることはありませんでした。

そしてハリウッドという街の見物。ご存じのとおりアメリカの映画産業の中心地です。山の上のＨＯＬＬＹＷＯＯＤの看板が目にはいります。

ぼくが渡米する二年前にここで起こった暴動がありました。黒人対白人という問題だけではなく、人種そのものの対立が原因だったことでも有名になりました。しかし、ぼくには別の目的がありました。原田先生の紹介で知り合った山形県初のＡＥＴ（外国人英語教師）のマーシュさんの故郷と聞いていたこともあって行ってみました。マーシュさんは、のちに日本国籍を収得して日本人になりました。

歩道にある有名映画スターたちの手形を見ながら近くの店に入ったら、たまたまセックス関連グッズ専門店でした。中年のオジサンなので、興味深く見てまわったことは、みなさんのご想像どおりです。

俺はバカだと思ったこともあります。

夕方のサンタモニカ・ビーチでのんびりすごしていると、西海岸だということもあって、「夕陽を追いかけていったらどうなるだろう」と思ってしまいました。車で西海岸を北上し、マリブ海岸を過ぎてしばらくしたとき、やっと気づきました。「俺はなにをやっているんだ」と……。一九時三〇分くらいが日没なので、夕陽を見たければサンタモニカ・ビーチでそのまま待てばよかっただけでした。日の出、日の入りの時刻の認識は、気球をやっているぼくには基本中の基本であるにもかかわらず、そのことを考えられなかったぼくの、ほんとうに情けない行為でした。

話は少し外れますが、孫の怜が今年高校を卒業しますが、進学せずにワーキング・ホリデーの制度でオーストラリアに三年間行くことになっています。聞き・話し・読み、書くことを学びながら働くことになります。よき経験をいっぱいしてきてほしいと願っています。

日本からの見舞客と下見客

気球仲間の開業医、整形外科医の設楽正彰先生は、わざわざアメリカまできてくださいました。担当のA・バーンズ医師と面談もしてくださいました。設楽先生はピアーズのドクターと互いの論文を交換された記憶が残っています。

県立中央病院でぼくのリハビリを担当してくださった守一彦さんにも、見舞いにきていただきました（一八五ページ・コラム参照）。でも、なぜかピアーズのドクター・ダグラスには警戒され、歓迎されませんでした。推測ですが、リハビリが専門の守さんですから、ぼくがリハビリしている最中に、なにげなく隣で関わるしぐさから同業者と見抜いて、警戒されたのかもしれません。

守先生には、お礼にヘリコプターのナイト・ツアーをプレゼント。二人で、ドライブとショッピングを楽しむなどしました。先生には気持ちよく帰っていただけました。

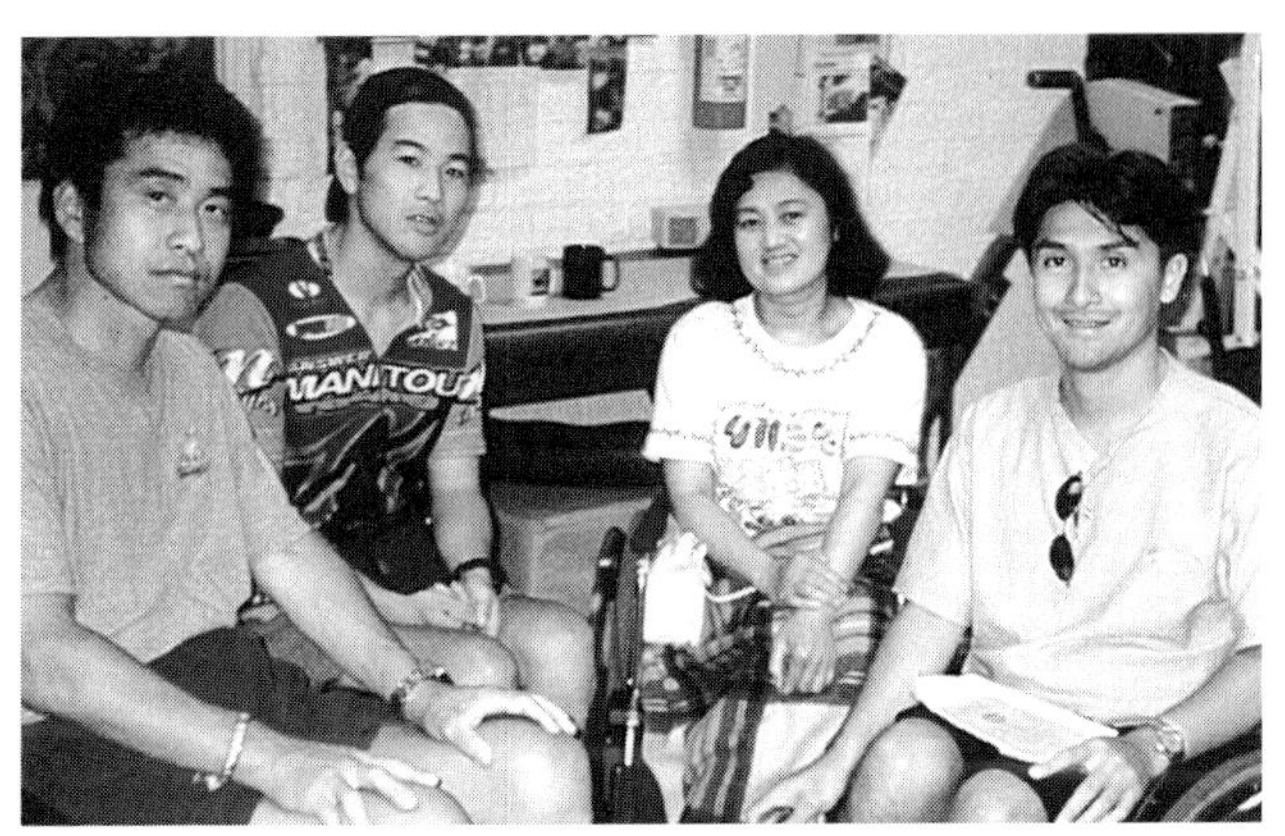

左から、筆者、松田くん（通称タケ）、施設の下見に来た女性と以前にピアーズでリハビリをした小松崎さん

もう一人は女性です。気球を一緒に楽しんだ仲間で、のちにシンガポール航空のＣＡ（客室乗務員）になった山形出身の大学生も遊びにきてくれました。いろいろな友だちがいて、遠くまで訪ねてくれるとやっぱりうれしいものです。

滞在期間中、日本人の男女二人がピアーズに視察にきました。女性は一週間ほどリハビリを試しただけで帰国しました。

もう一人は大学生の松田武久くんです。彼は交通事故が原因で脊髄を損傷した人で、同行したお母さんは施設の貧弱さに驚いて連れ帰ろうとしましたが、「ぼくがホテルとクリニックでの面倒はみるから」と頼んで、滞在を許されました。

もともとしっかりした学生さんで、ぼくが面倒をみる必要などまったくなく、いきいきとリハビリに励み、アメリカ暮らしを楽しんでいました。帰国後、日本で残りの大学生活を終えるとふたたび渡米し、カリフォルニア大学ロングビーチ校の大学院で物理学を学び、その後、日本人女性と結婚して現地で就職しています。いまもたいせつな友人で、この本にも寄稿してくれました（一八四ページ・コラム参照）。

彼は、当初はロスのロングビーチ付近に住んでいましたが、現在はソルトレイクシティに住んでいます。お子さまも誕生し、奥さまと犬二匹、猫二匹と暮らしながら、チェア・スキーを楽しんでいるようです。チェア・スキーの腕前は世界ランク五〇位くらいで、二〇二六年にイタリアのミラノとコルティナダンペッツォで開催予定の次回冬季パラリンピックとワールドカップに出場可能なようだと、先日電話で話してくれました。

大学時代の彼は一〇種競技をしていたと聞いていたので、そんな能力もあるのかと感心しているところです。

第七章

アメリカの障碍者事情

長距離旅行とラスベガス

ラスベガスは博打もお酒も二一歳から／小さな町とアウトレット／道路地図と道路標識／モーテル

長距離ドライブの楽しみ

アメリカ滞在、よもやま話

アメリカの車いす事情

社会参加を促す車いす／障碍者を解放する車文化と手動運転補助装置

日本のレンタカーに手動運転補助装置を／モラルに依存する日本の障碍者駐車場

レストラン・商店の対応力の違い　トイレは日本のほうが清潔／店員さんの自然な対応がうれしい

ドジャース野球観戦

車いす優先の観覧席と売店　野茂さんに感動しながら平等・対等を考える

「ビザの期限切れにつき再入国不可」事件

経験者の智慧に救われる？　再度のメキシコ旅行／再入国拒否に、頼りは例の『ポケット辞書』

救いの神――人はみな優しい／ホテルで帰国歓迎会

いざ帰国の途に

日本で待っていたもの／どうしても伝えておきたいこと

長距離旅行とラスベガス

国内旅行は二回、どちらもラスベガスでした。三泊四日の車での旅でした。最初は一人で、宿泊はコテージにしました。どんな感じの施設かを見たかったのです。コテージの部屋は、キッチン、リビング、寝室、バス、トイレなどに分かれていて、一棟貸しの貸別荘のような宿泊施設です。スタッフが面倒をみてくれないかわりに、自宅にいる気分でバーベキューを楽しむこともできます。プールも完備していましたが、ぼくには食材もないことから、もっぱら外でハンバーガーを食べるしかない貧弱な食生活を送ることになりました。楽しめないまま高い使用料金を払い、せいぜい街中の散歩と周辺をドライブするだけに終わりました。

ラスベガスは博打もお酒も二一歳から

ラスベガスまでの移動は車で片道六時間くらい。この長い道のりは、大好きな妄想に浸れることから、ラスベガスでの遊びよりも楽しいものでした。ロスの街中を過ぎれば、高圧線が通る荒野をただただ走るだけ。どこまで行っても真っ直ぐの道を時速八〇キロくらいで走りながら、「遠くに見えるあの山の麓までだと、二〇分くらいかな」とか、「車何台とすれ違うかな」など、自

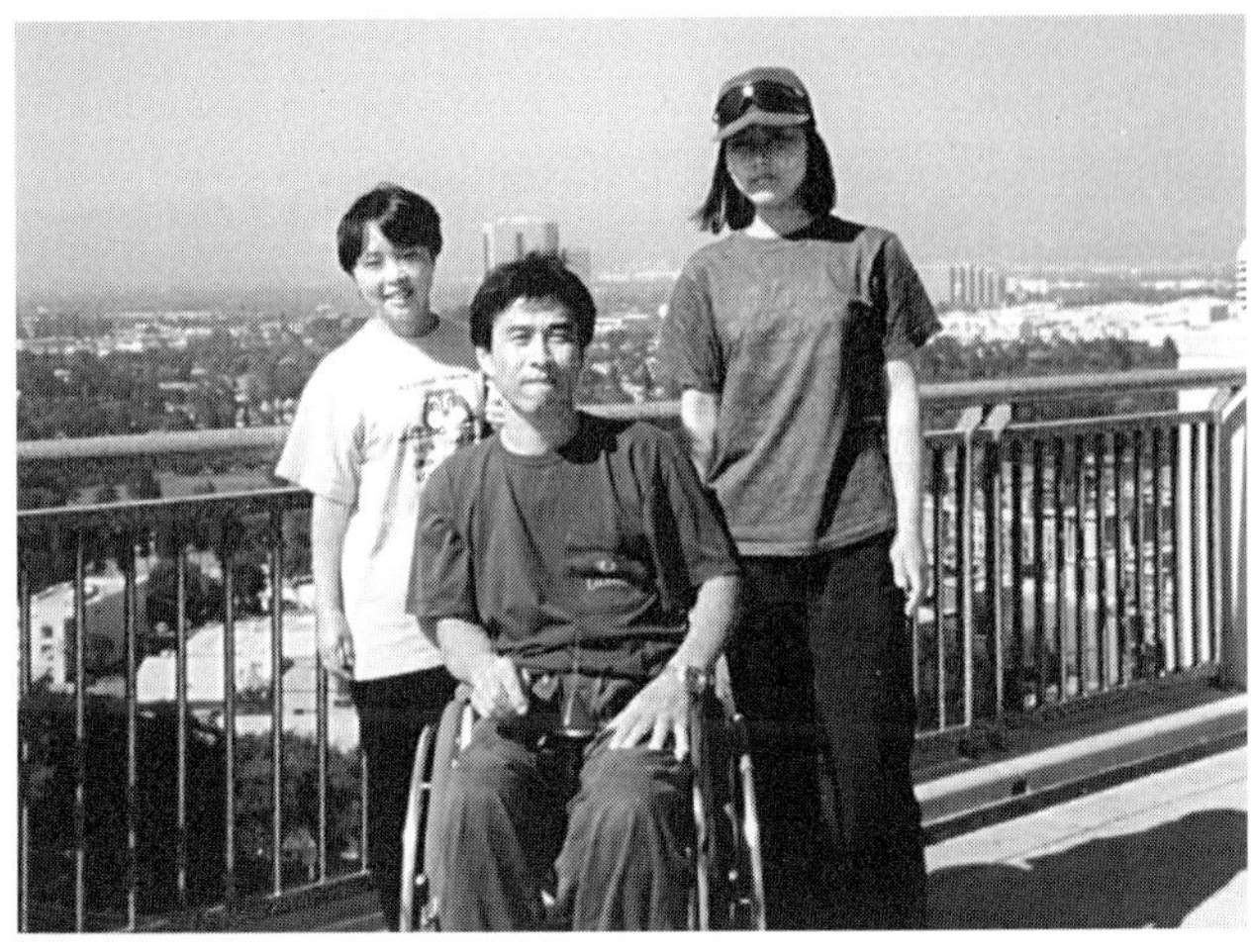

約４か月間のリハビリを終えて帰国するときには、妻のいく子（左）と娘の五月が迎えにきてくれた

分だけの世界に浸りながらも、くだらない想像にふけったものです。

二回目は、帰国前に妻と娘が迎えにきてくれたときです。予約した有名ホテルのきらびやかな内装と雰囲気は、エントランスに踏みこんだ時点で気分を高揚させるものでした。

ラスベガスは賭博と豪華なアトラクションで知られますが、料理もおいしく、とくに鶏料理は気に入り、その味はいまも覚えています。日中は市内見学するよりも、郊外にあるフーバー・ダムや高級住宅街をめぐって地元の人たちの暮らしの一端を覗くことのほうに興味がありました。

アリゾナ州とネバダ州との州境に位置するコロラド川のブラック・キャニオンにあるフーバー・ダムは、ラスベガスから車で一時間ほど。ダムの高さは二二一メートル、巨大なアーチ型のダムと長大なアーチ橋を一度に眺められる絶景ポイントもあります。

氾濫と渇水対策で建設がはじまった一九三一年は、世界恐慌の真っ只中。一日平均三五〇〇人もの人を雇用したダム建設は、失業者対策に一役買ったという評価もあります。

そういうラスベガスといえば、やっぱりカジノでしょう。三人でホテル内のカジノに挑戦したところ、ぼくと妻はどのゲームをやっても損ばかり。高校生の娘だけがスロットで儲けていたところ、ガードマンから「未成年だ」と指摘され、ハイそこまで。飲酒と同じく、二一歳未満のカジノたち入りは禁止でした。

夜は、散歩がてらにウォーター・ショーを楽しみました。ショーの終了後は街中を散歩しましたが、夜の治安もよく、風評のような危険を感じるようなことはありませんでした。

長距離ドライブの楽しみ

荒野を走るときの注意事項があります。これも原田先生に教わったのですが、ガソリン残量に気をつけることです。荒野のまん中でのガス欠は最悪です。なにしろ、この先どこまで行けば給油できるかわからないのです。ガス欠で止まっても通りかかる車は少ないし、ヒッチハイクしようにも強盗と間違われるから車は止まってくれない。

小さな町とアウトレット

そういう荒野のなかを走っていると、忘れたころに現われるのが小さな町とアウトレット・モール。町にガソリンスタンドがあれば寄ることにしていましたが、原田先生の教えもあってしっかり給油していたので、給油は一度しか経験しませんでした。じつは、一度は給油を経験してみたいと願ってのなかば確信犯的計画でした。

アウトレット・モールには寄ったことがなかったのですが、ある日わざわざロスから五〇キロメートルくらいの郊外の店に一度だけ行ってみました。広い敷地で、天気がよいのに木陰がない。出店している店のほとんどは有名ブランドですが、ブランド品とはいえ、並んでいるのは三流デザインか売れ残りだと一目でわかるような商品がほとんどでした。アイスクリームを買いましたが、それ以外にお金を使うことはありませんでした。

道路地図と道路標識

アメリカの道路について、気づいたことがあります。ふだんから道路地図を頼りに走っていました。ところが、ラスベガスに二度目に行く途中で、地図を忘れたことに気づきました。引き返すのも面倒だったし、一度走った経験ではそれほど複雑な道路でもなかったので、なんとかなるだろうと走りつづけたのです。妻と娘は不安に思っていたようですが、間違うこともなく無事に着きました。日本の交通標識との差です。とにかく、表示がわかりやすい。

南北道路は偶数号線で、東西線は奇数号線と決まっているので地図は読みやすく、目的地がわかれば走れるのです。幸いぼくは、気球遊びで少しは読図できるようになっていたので、それほどの苦労はしませんでした。町の名前を正確に読めていたかは別です。

モーテル

モーテルに泊まることはなく終わりました。理由は簡単です。車で遠くに移動する人にはモーテルは欠かせませんが、ぼくの場合はラスベガスのように一日で目的地にたどり着けるドライブばかりだったからです。

いま考えれば、「少しもったいなかったな」という思いです。せめてクリント・イーストウッド主演の映画、『マディソン郡の橋』に出てくる屋根つきの橋は見ておくべきでした。

アメリカ滞在、よもやま話

超高級店が並ぶロデオドライブにしても、前述のようにぼくが買うか買わないかに関係なく、どの店からも入店を断られたことは一度もありませんでした。したがって、セレブの買い物を垣間見る機会もありました。高級ブランドから日常生活用品までそろう巨大ショッピング・モールに至っ

ては、一日では回りきれません。三日も通ったモールもありました。

逃走車をパトカーが追いかけるアメリカらしいシーンに遭遇したこともありますが、フリーウェイのドライブはやはり欠かせない話題です。時速八〇キロメートルでの遠い旅の道のりは、最高に楽しい時間でした。延々とつづく真っ直ぐな道路がこちらの山からむこうの山まで延びています。対抗する車がほとんどない道は、怖くもあり、楽しい時間です。滞在しているホテルのウェイターのラモンとは、入国二週間後にメキシコ最北端でアメリカとの国境沿いにあるティファナまでの片道一五〇キロメートル強をドライブしました。サンタモニカ海岸を右に見ながら南下し、サンディエゴを過ぎると一五分で国境です。

このときは、アメリカ側の国境にある駐車場に車を停めて歩いて越えることにしました。アメリカからの入国は簡単で、車を降りてものものしいステンレスの格子を抜けると税関で、ここでパスポートを提示する。それだけの簡単なものでした。自動車での入国には抜き打ちの入国審査と積み荷の検査があるようですが、待ち時間はほとんどありません。

歩いて国境を越えてティファナ川の橋を渡ると、そこはもうメキシコ最北端の町ティファナ。陸路で国境を越えたのは、ヨーロッパ旅行以来の経験でした。

街中は汚くみすぼらしかったものの、ジリジリと焼けつくような暑い太陽の下の屋台でカボスの味と香りを楽しみつつ飲むコロナ・ビールとタコスは、暑い気候にマッチしてほんとうに美味しかった。市内にあるレストラン・オーナーのシーザーさんがはじめたのが、シーザー・サラダ。この発祥の地です。民芸品のような陶器とTシャツを買って帰路に。すばらしい経験ができた一日でした

ぼくがアメリカでの生活を楽しめたのは、「こういうときは、こうでないとダメだ」などという日本の昭和時代の考え方を強制されることなく、自分の考えで判断し、行動し、表現できる環境があったからだったと思います。このような日々だったこともあり、退屈するということはまったくありませんでした。

アメリカの車いす事情

リハビリをはじめて一週間がたったころ、A・バーンズ医師から「大きな国際福祉機器展があるから一緒に行こう」と誘われました。好奇心もあったのですが、自分はどういう車いすを使うことになるのかが気になっていたので、同行しました。

ロスにあるディズニーランドの隣が会場でした。参考になりました。展示会を一言でいえば、「楽しかった」。日本のように目的ごとに商品が理路整然と並んでいるだけとは違い、一見してアイデア商品にすぎないと思える、笑えるものもありました。それでも、楽しみながら各自が目的の商品を選べる工夫がありました。

あとになって知ることになりますが、アメリカ、ドイツ、日本で開催される福祉機器展が、「世界三大展示会」だそうです。

社会参加を促す車いす

家庭用エレベータなどの大がかりなもの、昇降リフト、ベッド、介護用品など福祉に関わるほとんどの商品、サービスに関する展示がありましたが、アメリカはやっぱり車です。障碍者自らが運転するための運転補助装置はもちろん、その装置を取り着けて走る車は、とくに目だっていました。日本の暴走族が乗りまわす車より、もっとハデにデザインされていて、当時四四歳のぼくでも一度は乗ってみたいと思わせるものでした。ウソか誠かわかりませんが、このまま輸出もできるともいっていました。

ほかにも、車いすだけを載せて牽引するトレーラー、障碍者も利用できるキャンピング・カー、介助用車いすまであって、退屈することはありません。ぼくは日本の車いすのデザインをダサいと感じていたので、車いす選びが主な目的になりました。

二日間かけて選んだのが、カラーズ社の「ボーイング」という新型でした。この会社はのちに日本の日進医療器株式会社に買収されます。ボーイングには、これまでと違う点がありました。座面の下と前輪のキャスターにスプリングが取り付けてあって、段差などでの衝撃をやわらげる設計になっていました。欠点もあります。車いすはアルミ製ですが、スプリングは鉄だったので重いのです。それにいい値段もしました。それでも、以後のぼくは、この車いすを四台乗りついでいます。

日本では、いまだに折り畳み式が主流です。アメリカにもありますが、主流は折り畳みのできない軽いモノコック構造です。モノコックといっても、タイヤを外して背もたれを前方に倒せば、コンパクトに収まります。このしくみですから、非力な人でも自力で車に載せることができます。車に載せて出かけるのも楽です。車いすそのものが、障碍者に社会参加を促している気がします。

車体をモノコックにすることで、余計な部品が不要になります。折り畳み式より一台につき四、五キログラムは軽くなります。パラリンピックの選手や、障碍がありながらもアクティブに活動している人たちのほとんどが、このタイプの車いすを使っています。ぼくもそうしました。

ただし、日本では四〇万円以上と高額なことから、使う人はまだ少数です。この便利さも知られていません。障碍者の社会参加を積極的に促すのであれば、このタイプの車いすを普及させるよう、購入補助金を増額するなどの補助のあり方、考え方から検討してほしいものです。

車いすバスケットボール、車いすマラソン、車いすテニス、チェア・スキーなど、障碍者スポーツのための特殊な車いすがありますが、これらにも頑丈なモノコック・タイプが選ばれています。そのような特殊な車いすにも、やはり補助がほしいのです。このような車いすが普及すれば、モ

ノコック・タイプの車いすの価格も、量産効果で下がります。ひいては、より多くの一般の障碍者が安価に利用できるようになるはずです。

障碍者を解放する車文化と手動運転補助装置

車社会のアメリカで活動するには、レンタカーは便利な乗り物です。同じことは、障碍者にもあてはまります。

日本のレンタカーに手動運転補助装置を

アメリカの障碍者たちは、なぜ積極的に社会参加できるのか。その答えは簡単です。歩けないぼくのような者が、公共交通機関で移動した先の目的地でどんなレンタカーを選んでも、一時間もかけずに簡単に取り付けられる手動運転補助装置があるからです。その装置は、一九九五年当時だと三、四万円で買えたと記憶しています。

レンタカー会社はこの補助装置を一、二台は備えていて、障碍者が選んだ車にこれを取り付ければ完成です。ハンドルの下にある一本のレバーを下げればアクセル、奥に押せばブレーキ。これだけの操作で、だれでも簡単に車を運転できます。ぼくがアメリカで利用していたのもこの方式でした。

モラルに依存する日本の障碍者駐車場

ぼくが、「すごい」と感心した駐車についての制度がアメリカにはありました。障碍者が公共の場で障碍者用駐車場に駐車するには許可証が必要です。日本の法務局のようなところに医者の診断書をもって申請すれば、駐車許可証が発行されます。それをフロントガラスに提示すれば駐車できます。しかし、障碍者であればだれもが自由に駐車できるというわけでもありません。許可証なく駐車すれば、違法駐車で捕まります。許可証がなければ停められないのですから、必要な人はストレスなく利用できます。

これに対して日本の障碍者駐車場は、だれが停めてもモラルに反しているだけで、咎められることはありません。この点、アメリカは制度がしっかりできあがっています。

似通ったものに、日本には「駐車禁止除外指定車証」があります。これは各県の公安委員会から発行されるもので、「主に障碍者が緊急な場合に、短時間なら駐車禁止の場所でも停めてよい」という証です。

レストラン・商店の対応力の違い

床屋にしても、レストラン、飲み屋、その他のお店にしても、障碍者のぼくはほぼ四か月間ロスに滞在しましたが、入店を断られるようなことはありませんでした。アメリカでは、それだけ

バリアフリー化が普及しているからです。細かな細工の日本の木造の建築物と違って、アメリカのツー・バイ・フォー工法の建物はフラットでシンプルであることが理由かもしれません。

トイレは日本のほうが清潔

現在では、日本の障碍者用トイレのほうがよくなっていると思います。最近はアメリカに行っていないのでくわしくはわかりませんが、日本のトイレの多くは車いす対応だけでなく、授乳、おむつ替え、人工肛門の人まで利用できます。とくに優れているのは清潔な点で、利用者にはなによりもありがたいことです。

ぼくが滞在した当時のアメリカは、たしかにトイレはどこにでもあって、自由に使えましたが、広いだけで汚いイメージです。

店員さんの自然な対応がうれしい

アメリカでは店員はだれもが「自然に気安く」声をかけてくるので、こちらも抵抗なく受け答えできます。日本ではどのように店員教育しているかは知りませんが、じつはこちらが恐縮することがたびたびです。店員さんがぼくに商品説明するときなどは、膝をついて視線をあわせて、作り笑顔で一所懸命に話してくれたりします。ぼくはいつも、「一般の人と同じでいいですよ」

というのですが、変えません。丁寧な対応がすべてよいのかどうか、ぼくにはわかりません。それを丁寧といってよいのかもわかりません。

ドジャース野球観戦

前述の大リーグ観戦は、病院でリハビリ担当のクリスが段取りしてくれました。チケット代は彼のおごりでした。野茂英雄さんが地元ドジャースに入団、デビューして大成功をおさめていることもあって、日本人のぼくを誘ってくれたのです。野茂の貢献で強くなったドジャースが、地元のクリスにはうれしかったのでしょう。ちょうど松田くんがロスにきたころで、彼のお母さんも野球観戦に同席しました。

初めて行ったドジャー・スタジアムは、大きなすり鉢のようなイメージでした。

車いす優先の観覧席と売店

いろいろ見て歩きたいので、試合を見ながらときどき広い球場を車いすでウロウロ、ウロウロ、もちろんビールを飲みながらです。試合終了まで落ち着きのない行動をしたものです。

当日は、応援グッズや人気選手のキャラクター商品を扱う売店で、ドジャース・ウォッチ、野茂

の背番号16のピンバッチを買い、ホットドッグが美味しかったことから二個も喰いながら、その合間の観戦でした。

観客席のところどころに、広くとったスペースが用意されていて、そこが障碍者用観覧席でした。ぼくも、ここを利用しました。そのような障碍者に配慮した障碍者スペースにしても、一般の人が使用することはありません。やはり、「障碍者に対するアメリカ国民のモラルはしっかりしているな」と感じるほかありませんでした。

野茂さんに感動しながら平等・対等を考える

このときの先発はもちろん野茂。しかも初ヒットを打ったこともあり、おおいに盛り上がったことは確かですが、ドジャースが勝ったのか、野茂は勝利投手になったかどうかすら覚えていません。野球観戦で知ったことは、障碍者用の駐車場と専用観覧席があること、トイレもフロアごとに数か所あり、そこを利用する一般の人はいないのです。

しかし、それ以外は障碍者も健常者も、すべてにおいて同じ扱いです。そういう経験のあとで苦労したのが帰途の混雑。広い駐車場から出るだけでもたいへんなのに、大きな通りまで出るのにまた一苦労。ホテルに着いたときには午前〇時を過ぎていたと思います。しかし、そう何度も経験できる観戦ではなく、充分に楽しみました。

とにかく、アメリカ社会の特別待遇と平等・対等の考え方のバランスを見せつけられました。

「ビザの期限切れにつき再入国不可」事件

忘れられない事件があります。そう事件です。先に書いたように、渡米準備をしているときに山形の旅行会社は、「医療目的の場合はビザはいらない」といっていました。でも嘘でした。リハビリも順調に進み、滞在期間も三か月を過ぎようとしていたある日、なんとなくビザのことが気になりました。観光目的なら三か月は無条件で滞在できるのですが、この期間を超えようとしていました。確認のためにいろいろな人に相談してみるのですが、明確に肯定してくれる人はおらず、「どんな事情であろうとも、ビザは必要だ」、「どうしても一度は出国しないとダメだ」というのです。Y観光の明らかなミスでした。この苦境をどうするか。

経験者の智慧に救われる？

知りあいを通じて弁護士に相談しても、明確な解決策は得られませんでした。現地の旅行会社に相談すると、「アメリカと陸つづきのカナダをはじめ、中南米などはすべてダメだが、それ以外の国にいったん出国して、あらためてアメリカに入国するのが望ましい」というのです。そう

するには、ロスからなら日本がいちばんだと教えられました。

別の方法はないかと聞いたところ、「メキシコの有名リゾート地にでも出かけ、四泊もして再入国すれば大丈夫だろう」ということになったのです。旅行大好き人間のぼくがこの案に飛びついたことは、いうまでもありません。すぐさま予約しました。なにしろ滞在期限まで残り一週間くらいしかなかったのです。慌ててメキシコに向かいました。ところが、深く考えることもなくこの話に飛びついたことも、二つ目のミスでした。

再度のメキシコ旅行

航空会社はデルタ航空、税関を通る緊張の瞬間を十二分に味わいました。それでも係官は機械的に、事務的に出国スタンプ押してくれます。心のなかで、思わず「ヤッタァー」。「パスポートに出国印さえ押してもらえれば、またもどってこられますよ」と旅行会社がいっていたことから固唾をのんで見ているなかで、出国のゴム印は押されました。

出発したのが、ビザの切れる三日前。「四日間をリゾートでたっぷり飲んで遊ぶゾォー」の魂胆で頭はいっぱい。飛行機で何時間移動したのか、リゾート地はどこだったのか、すべて記憶にありません。とにかく、メキシコのホテルに無事到着しました。

南国メキシコらしい雰囲気のホテルで、プライベート・ビーチもあり、景色もよく、申しぶんのないホテルでした。Tボーン・ステーキ、南国風料理、リゾート地らしいカクテル。午後のテラスでは、ギターを抱えた三、四人のグループに歌をリクエストして酒を飲む。こんな遊び三昧を楽しんで、メキシコから空路でアメリカに再入国です。

もっとも、その前にもう一つのミス。この時代のこの場所は、通信網が発達していないことを知らないまま、ホテルで日本に長電話してしまったのです。チェックアウトするとき、一〇万円ちかいお金を取られたと記憶しています。現在のようにラインが普及していれば、タダですよね。

ともかく、こうして入管、税関へと向かいます。

再入国拒否に、頼りは例の『ポケット辞書』

そして、忘れられない事件となります。先に書いたように、渡米準備のときに旅行会社は、「医療目的の場合のビザは不要」といっていました。アメリカの旅行会社も、「メキシコのリゾート地でよい」といいました。でも、違いました。

ロスの入管でいきなり、「ビザは期限を一日過ぎているので入国はならない、このまま日本に帰れ」。そういわれても一瞬、状況がのみこめません。頭のなかは真っ白です。

帰路もデルタ航空だったので気を取り直し、「おかしいだろう、ここに出国印が押されているじゃないか。飛行機会社は、パスポートとビザに問題はないとして往復のチケットを販売してい

るではないか」と、あらためてくいさがりました。

このときも原田先生にいただいた三省堂の『ポケット辞書』が頼りの会話ですから、話はいっこうに進みません。アメリカに長期にわたって不法滞在する方法として、この手がよく使われることから、対応が厳しくなっていたのです。

でも、こちらは必死なのでおかまいなしです。英語が話せないことと居直りが、人間をこんなにも強くしてくれるのかと感心しつつ数時間。この間、隣の隣の席に座っていたメキシコ人夫婦らしきカップルがお金を払って入国していったのを、ぼくは見逃しませんでした。

これを頼りに、ますますがんばりが効くようになり、それから数時間粘ることに。

救いの神――人はみな優しい

四、五時間たっても、話はいっこうに進展しません。そんなとき、デルタ航空の職員が日本語を話せる人を連れてきてくれました。ようやく話が進んで、別棟の入国管理事務所に移動。事情をひととおり説明して話がすむと、「八十数ドルを払うか」と聞いてくる。「なぜ?」と問うと、「払えば入国を認める」。

即、「払う」といって一〇〇ドル札一枚をだすと、「それではダメだ」という。「なぜ」と再度問うと、「きっちりの支払いでないと認めない」とのこと。小銭の所持金が六十数ドルしかなく弱っていたところに、救世主は現われました。その通訳は、自分のポケットマネーで不足分を払ってくれたのです。管理官は、「エンジョイ・クリスマス！」といって、ゴム印をバンと押して、あらたに六か月間のビザを取得することができました。

晴れて再入国するまでに五時間以上かかりましたが、ヒヤヒヤもののよき経験でもありました。アメリカ滞在中のぼくが、いちばん本気でたち向かって起こした行動でした。

このビザ事件では、メキシコ滞在費や電話代などで大きな出費を伴いました。さすがに、「もったいない」と思いました。おそらく、メキシコの日本大使館に行き、そこで書類を整えれば問題はなかったはずです。日本にいるアメリカ人も同様に、近くの韓国やグアムに飛び、そこで書類を整えるようです。当時のぼくにはそんな知恵も知識もありませんでした。

ホテルで帰国歓迎会

ホテルでは、予定どおりの時刻にぼくが帰ってこないことから、松田くんともう一人の日本人女性のほか、ホテルスタッフ全員が、空港からタクシーで帰るぼくを心配して待ってくれていました。そのあと、夜中の食堂での簡単な乾杯で、事件を締めることになりました。

このころには、社会に出る心の不安はすでになくなっていました。いや、そろそろ日本に帰るときがきたと考えていました。リハビリも順調で、再入国から二か月を過ぎたころには、簡易な

な補装具を自分で装着して一〇メートルくらいは立って歩けていました。同時に、仕事への意欲も湧き出て、まさしく帰国のときが近づいていると実感していました。

いざ帰国の途に

事故後、闇雲にたてた目標はすべて達成して、日本に帰って目的を実行する準備は整いました。身の周りのことは自分でやる。日常の食事も含めて身支度、排泄、入浴、長距離も含めての移動。一人暮らしの孤独と精神的な強さ、世間への対応力、体力など、すべての面で日本を発つ前とでは格段に違っていました。

妻と娘の協力を得て、アメリカでの暮らしをとおして精神的にも肉体的にもしっかり鍛えられたぼくは、これからの生活になんの不安もなく帰路につきました。ほぼ一三〇日ぶりの日本です。しかし、そんなぼくをいきなり試練が待っていました。一九九五年八月、成田空港でのことです。

日本で待っていたもの

入国手続きも無事すんで、ロビーから電車に乗ろうとエレベータ乗り場に行くと、いきなり「障害者が利用の場合、付き添い者または介助者と一緒に利用してください」の貼り紙。

アメリカで教えられたことがあります。「ビル内を上下階に移動するときはエレベータもよいが、面倒なときはエスカレーターを利用せよ」でした。やり方は簡単で、二段分の踏み段を使って、一段目にキャスターを乗せ、二段目にタイヤを乗せ、両サイドのベルトを掴んで体を固定して上階に行きます。下階には後ろ向きで、同じように二段分の踏み段を利用して降ります。この方法を日本で利用していると、いまでも周囲から異様な目で見られます。

日本は、エレベータすら自由に使えない国だったのです。もちろん、貼り紙は無視するしかありません。しかし、障碍者が社会に参加して日常生活を送るさいのバリアはこればかりではないことを、まもなく思い知らされます。

前項で書いたように、駐車場も同じです。国内移動も同じです。ぼくたち障碍者が利用できるレンタカーは日本のどこにもなく、家族が運転する車かタクシーを利用しないかぎり、移動はできません。居酒屋などで飲み食いしたくとも、段差があったり通路が狭かったりするなどで入店できない店のなんと多いことか。ほかにも、障害者支援制度の不備などを数えあげたら、きりがありません。日本の制度は、「あなたたちにはこのような制度を用意してあるので、あとはこれを利用しながらおとなしくしていてください」といわんばかりです。こんなことをいいたくなるのは、ぼくだけでしょうか。もっとも、ぼくが健常者でいたときは、こんなことを考えたことはありませんでしたが。

これまで社会的バリアについて書いてきましたが、これらは日常的に見受けられるものばかりです。しかし、どうしても納得できない制度が一つあります。目に見えないバリアです。障碍者本人の自立についての制度です。

障碍者が働くには、環境整備は欠かせません。そのために国も力を入れています。そういう例の一つが雇用主が障碍者を雇用するときは、環境整備に必要な工事代と福祉用具代のほとんどを国が支援する制度です。しかも、支援相談員まで配備されていて、その相談料も支給されます。じつは、ぼくも山形県内を担当する支援相談員です。

しかし、障碍者本人が自力で起業して働く環境を整備するとなると、一円も出ないのです。少し嫌味をこめていうと、国は「障碍者を雇え」とはいうものの、障碍者自身の独立・起業は視野にないのです。障害がありながら独立、起業する人は、いまはまだ少ないと思いますが、政府は多様性を重視するなら支援策を前向きに検討すべきだと考えます。

どうしても伝えておきたいこと

ここでどうしても伝えておかなければならないことがあります。ぼくは、過去も現在も、「なぜこんな体になってしまったのか」と考えたり、悩んだり、悔やんだりしたことは、一度もありません。たしかに、申しわけない気持ちも入り乱れて、一時期は心も荒れていました。これはほんとうのことです。

事故にあうまえのぼくは、世間が認めるような、なにか特別な結果を出していたわけでもなかったのです。生活に困らないていどの稼ぎがあっただけなのに、思いあがっていたのです。神さまは、それを諌めてくれたのでしょう。

学校の勉強はしなかったけれど、ぼくの好奇心だけは旺盛でした。新しい展開があれば、心を弾ませます。ワクワクします。とはいえ、一連のリハビリは第一の人生とは違い、つねに不安を伴うものでした。

日本に帰国して社会復帰するまでの一年九か月は、これまでになく多くの人と出会い、関わり、これまで知らなかった世界を見て、経験する時間でした。善くも悪くも、こういう体験はこれまでのぼくが選択してきた人生、歩んだ道の結果です。この間、ぼくのわがままを許してくれた妻や多くの友人に、ほんとうに感謝しています。

これからの第二の人生でも、同じようにお世話になります。

こらむ◉

友として、仲間として近藤さんにエールを送る

「おんちゃん」とのつきあい――板垣典和

近藤さんの人生戦略――原田憲一

気球の友人――橋爪雅幸

なにをするのも奴しだい、でもいつも楽しい――大場健司

棟梁との出会い――森田盛行

膨大な生きるエネルギー――松田武久

リハビリの先生――守　一彦

「おんちゃん」とのつきあい

板垣 典和

近藤おんちゃんになにかを頼まれたら、私は断れません。

おんちゃんが車いす生活になった原因は、私が誘った気球が原因だからです。

近藤さんの自宅へ行くと、「これまでの報告書を作るので、これまでのこと、なんでもいいから書いてくれ」との依頼でした。

おんちゃんとは、ケガ以前からいつも一緒に遊んでいました。店には毎日飲みに来るし、そのほかにも共催でゴルフコンペ、夏はプール・冬はスケート場を借り切ってお客様に開放するなどして楽しみ、家族ぐるみのつきあいがありました。

ケガで入院中に至っては、私がお好み焼きの具をつくり、おんちゃんがベッドの上で焼く。「こまい」という干物の小魚も持っていきます。受傷後、指の力を失っているおんちゃんのリハビリのためです。おんちゃんの好物を理解しているので、狙いはバッチリでした。あとはやる気次第でしたが、おんちゃんは期待に応えてくれました。

おんちゃんの生い立ちについては、息子より長いつきあいなので、裏事情まで私は知っています。私も違う世界で、一般の人には話せないし経験もできない多くのことを背負っています。いわゆる戦中戦後から、最近までの話です。

現在は、神町に自衛隊の駐屯地があります。戦後はアメリカ軍の駐屯地でした。私の親父がこれらと深く関わっていたのです。この話は近藤さんしか知りません。

私が修業したお店は、慶応七年創業の銀座の鮨屋です。日本最古のお店「魚治」で、宮内庁御用

「満月鮨」にて。右から原田先生、板垣さん、ニュージーランドのワイカト大学のアテリー・ヒーリー教授、原田先生の娘の繭子さん、筆者（1990年8月）

達でした。ここで開発した卵焼きは昭和天皇への献上品で、門外不出でした。近藤さんは時々食べていましたが。

そんな私に親父が伝えたのは、読み、書き、ソロバンとサバイバル、それに福沢諭吉の「五訓」だけです。「五訓」は強制的に毎日、いわされたものです。

鮨職人もソロバンも、やりすぎると支障がでてきます。いつのころからか手が震え、包丁が握りづらくなり、字も書きづらくなっていました。医者に相談したところ、アルツハイマー系の病気と診断され、お店を閉め、いまは健康に留意した生活を送っています。

食べることと作ることが大好きな私ですが、味覚障害も進んできました。

震える手で懸命になっても、書けるのもここまでです。

いたがき・のりかず　高校卒業後、皇室御用達で日本最古の銀座の鮨店「魚治」で修業。修業先では、ソロバンが得意なことから抜擢され、ベテランでないとできない仕入れを主に担当、カウンターに立つことも。山形では、父が経営する「満月鮨」の跡を継ぐ。

近藤さんの人生戦略

原田　憲一

　近藤さんとの出会いは熱気球が縁です。

　一九八二年の秋、私はひょんなことから熱気球に出会い、「山形の空に熱気球を飛ばして、子どもたちに夢を与えよう」と熱気球クラブの設立を思い立ちました。

　メンバーを募るために桐生市の熱気球販売店「スカイプロモーション」の協力を得て、同年冬の早朝、山形市北部の田んぼでデモフライトをおこなったときです。熱気球が立ちあがった瞬間、ぴょんとバスケットに飛び込んできたのが近藤さんでした。そして、数分間のフライトが終わると、私の手を取って「一緒に熱気球クラブをつくりましょう」といってくれたのです。それがいまに続く長い付き合いの始まりでした。

　訓練飛行の場は山形市郊外や赤湯温泉のある南陽市でしたが、競技会は宮城県岩出山町（現在は大崎市）でおこなわれ、フライトを楽しむバルーンフェスティバルは秋田県横手市でおこなわれていました。

　参加するには長距離運転で気球を運ばねばなりません。そういうときの運転手が近藤さんで、私は助手席に座って話し相手を務めました。

　山形のクラブハウスを出発するのは深夜で、フライトを終えて帰還するころは、すでに疲労困憊。最初は近藤さんが居眠り運転しないようにと考えてのことでしたが、それは杞憂でした。居眠りどころか、往復ともに話題が尽きることなく話が弾んだのです。

　発車早々に近藤さんが話の口火を切ります。それに私が応じると、そこから次々と話題が展開す

るのです。それも、子どものころの体験談や社会に出てからの自慢話ではなく、時事問題や歴史的な話題までさまざまです。最初に出掛けたのは岩出山だったと思いますが、そのときから近藤さんとの長距離ドライブが楽しみになりました。

もう三五年以上前のことなのでどんな会話だったか内容は忘れましたが、ひとつ記憶に残っている話があります。

横手に向かっているときでした。ラジオが、「モスクワの赤の広場にあるレーニン霊廟からレーニンの遺体が消えた」というニュースを伝えたのです。二人とも「エー」と声をあげて、「クーデターだろうか」とか「まさかＣＩＡの仕業では」などと、あれこれ頭をひねったものです。すると三〇分後か一時間後に、「先ほどのニュースは、海外の通信社の記者が〈エイプリルフールねた〉として流したものでした」という続報が入って、二人で大笑いしました。

こんな調子でしたから、近藤さんとは車中で正味二〇時間以上は喋っているはずなのに、今回はじめて近藤さんの生い立ちと修業時代のことを知りました。

近藤さんが出稼ぎにいった相模原市は、私の妻の実家がある淵野辺とは、ＪＲ横浜線で二駅しか離れていません。相模原駅付近には親しい友達もいるので、もし妻が生きている間にこの本を読んだならば、近藤さんと相模原の話題で盛り上がったはずです。

近藤さんは事故後、奥様に付添われて二度京都にきました。そのときは、近藤さんが若いころに京都に何度もきていたとは知らなかったので、一緒に飲んではいたものの京都のことは話題にしませんでした。当時は車いすが利用できる名所旧跡は少なく、近藤さんが望んでも観光は難しかったからです。今度会ったら、どんな所を歩いたのか、なにを食べたのか、そして当時の人々の暮らしをどう見たのかなどを聞いてみたいものです。京都は外国人観光客の急増で大きく変わってしまったからです。錦市場と祇園界隈が典型です。

それはともかく、近藤さんの話が面白いのは、子どものころからの読書と豊富な実体験があったからこそだと納得しました。

この本を読んで、もうひとつ感心したことがあります。それは近藤さんの的確な「情勢判断」です。

私は熱気球クラブ結成前から「山形情勢判断学会」に加わっていました。これは、中国に侵攻した日本陸軍の参謀部にいた城野宏氏が提唱した「脳力開発」に触発されて結成した大人の勉強会です。

城野さんは敗戦後も山西省に残り、反毛沢東の地方軍閥の軍事参謀となって中国人民解放軍と戦い、一九四九年に捕虜となって、禁錮一八年の刑を受けました。そして一九六四年に解放されて帰国するまで、獄中で毛沢東の戦略と戦術を徹底的に分析して情勢判断の手法を確立し、帰国後「脳力開発」に関する講演と執筆に取り組まれました。

城野さんによると、人生の戦略は「楽しみの人生」か「嘆きの人生」か、の二者択一です。そして近藤さんはまさしく「楽しみの人生」を選択し続けてきました。また、城野さんが「戦略はロマン」というとおり、近藤さんが多くの人を惹きつけるのは、つねに「人生のロマン」を語るからです。

ロマンを語るさいに忘れてはならないのは「戦術なき戦略は空想である」という言葉です。戦術とは戦略を達成するための方法と手段、やり方です。つまり、いつ、どこで、誰が、なにを、どのように、いつまでに、という具体的な計画と行動です。そして情勢判断に応じて、最適な戦術を選ぶわけですが、その場合、あれかこれかの二者択

一ではなく、必要ならばあれもこれもと柔軟に選ぶことが大切です。近藤さんが一歩一歩着実に夢を実現させてきたのは、情勢判断が的確で戦術の選択が正しかったからだといえるでしょう。

　情勢判断学会の主力メンバーが気球クラブに参加していますが、近藤さんは会員ではありません。にもかかわらず、城野さんのいう「脳力開発」を若いころからずっと実践してきたことを知って驚きました。本人は謙遜していますが、本当は頭の回転が速い凄い人なのです。だからこそ、生まれて初めてのアメリカで、リハビリしながらも、友人をつくって生活を楽しみ、さらにはポケット辞書片手に入国管理官とやりあえたのだと、これまた納得しました。

　近藤さんが、これから始める第三の人生で「村長」としてどんなロマンを実現するのか、成果を楽しみにしています。

施設への入所、アメリカ滞在のための手続きを引き受けてくださった原田先生と、ピアーズ・プログラムの施設の前で（1995年３月）

はらだ・けんいち　一九四六年、京都に生まれる。一九七六年に博士号を取得。三四歳で初めてついた定職が山形大学理学部地球科学科の助教授。二〇〇二年に京都造形芸術大学（現京都芸術大学）に異動してからも近藤さんとの縁は続く。ちなみに、近藤さんが最初にわが家を訪ねてきたときに私が焼いたたこ焼きをたべて、すっかり私のたこ焼きファンに。

気球の友人

橋爪　雅幸

一九七三年、富山県に生まれ、一九九六年に大学卒業後なんとなく就職した金融業界に、気づけば約四半世紀にもわたって身を置き、いろいろなものごとを、利回り、リスク、行動経済学などの側面で考える傾向が強くなる。これも一種の職業病ではないかと、最近少し気にしている。

「熱気球」というものを実際に初めて見たのは、故郷の富山県の砺波平野で高校生活を送っていたころと記憶している。特段の興味がわいたかどうかもはっきりと覚えてはいないが、その後に進学した大学の熱気球クラブに入会したことから、深く関与することとなった。

「熱気球をやっている」と人にいうと、「何人ぐらい乗れるの」とか「どのぐらいの高さまで上がるの」という定番の質問とともに、「夢があるねぇ」という感想を聞くことがある。

しかしその実態は、秋から翌春のシーズン中、時にはぬかるむ田んぼに足を取られ、厳冬期の早朝には凍てつく空気の中を気温がさらに低い上空に飛び立ち、機材と人を運ぶトヨタ・ハイエースは細い農道でスタックする。こんな気球をレジャーの範疇にくるには、若干の疑問を感じざるをえない。

空を飛ぶという行為には、しかも当然のように危険がつきまとう。

「山形の気球チームで事故があったらしい」と、同じ学生クラブの先輩が話しているのを聞いたが、それが近藤さんだと知ったのはそのもう少し後で、それまでも、そしてその後の数年間も、近藤さんとは実は面識がなかった。

社会人になると学生クラブに出入りするわけにもいかず、気球との縁が切れそうだなと思っていたタイミングでの近藤さんとの初めての邂逅だったはずだが、その光景は不思議なほど記憶から抜け落ちている。たぶん、近藤さんの底抜けの明るさと人懐っこさで、初対面のずっと前から仲良くさせてもらっている間柄と誤解してしまったのだと思う。

その後は、同じ時期に社会人になったM女史と三人で、パイロット資格を保有しているにもかかわらずフライトを回避する飛べない鳥、「ダチョウ倶楽部」を結成し、大会参加を口実にグルメに注力。そんな楽しい思い出は尽きない。

そういう交わりのなかで、近藤さんが明るく、逞しく、自らの状況に対応する姿に、いつも励まされていた。近藤さんが事故に遭われた年齢に近づくにつれて、こんなことを強く思う。「近藤さん、これからも仲良くおつきあいをさせてください」。

はしづめ・まさゆき　一九七三年、富山県に生まれる。砺波高校から東北大学に進み、熱気球クラブに入会。一九九六年に卒業後、富士銀行（現みずほ銀行）に入行。現在に至る。

なにをするのも奴しだい、でもいつも楽しい

大場　健司

近藤とは高校以来の友人だ。奴は当時もそうだったが、いまもいつもなにかを企てている。

若いころは遊びがほとんどだった。キャンプ、芋煮、登山、ゴルフ、スキー、スケートもあるが、忘れられないことがある。

高校二年の時、サイクリングしようと誘われて軽く承諾ところで、「どこまで」と聞くと、「仙台」。

18歳のころに遊んだ蔵王の御釜。右後方は大場健司さん、左は稲村さん（故人）

五五年も前のことで、無理だろうと感じたものの、反論しても奴は聞き入れないと覚悟し、決行。

宿泊は、「寺などを回れば、どこかで泊めてくれるだろう」と出発。いざ宿泊先を探したところ、すべて断られて、やむなく仙台駅の待合室に。夜中に警察官に職質されて、朝がたようやく解放。

安易に、「寺は泊めてくれるだろう」くらいにしか考えていなかった近藤の責任だ。それ以後、二度とサイクリングへの誘いはない。

もう一つ、蔵王への暁登山がそれだ。蔵王にはそれまで何度も登っていたが、「ただ登るだけでは面白くないから」と計画したのが、蔵王山頂上から火口にある「お釜」をめざし下り、そのお釜で泳ぐというものだった。

夏とはいえ、早朝の山頂は寒い。海パンに着替えてお釜に入水。五〇センチも岸から離れると体は一気に水中に沈む。完全なすり鉢状の、まさにお釜だと初めて知った。

水が冷たい。対岸まで泳ぎたいが、体力に自信もなく恐怖心で岸周辺を泳ぐだけになった。かといって、多くの登山者に頂上から見られているあの快感は、二度とは体感できない。まして、国定公園内なので、当時も今も泳ぐことは禁止されて

いる。奴は、ほんとうはキャンプもしたかったらしい。

遊びはその後も続き、聞いてくるのはいつも、「都合できるかどうか」だけ。最近は、旅行と酒飲みに変わったが、聞かれることはいまも同じだ。秋田ではきりたんぽ、函館の鮨はうまかった。

昨年は夫婦で沖縄旅行に行ったが、出発前に教えられたのは、何日までの期間だけ。旅費や観光の詳細は奴しだいだが、行けばいつも楽しい。今年は北海道に行く計画らしい。それはいい。だが一つだけ配慮してほしいことがある。先に、いくらかかるかくらいは教えてほしいものだ。

おおば・けんじ　一九五〇年に山形市に生まれる。高校卒業後、注文家具専門の工場に就職。以後一貫して家具作り、のちに工場長に。定年まで取締役を務め、退職後の現在も会社の要望で同職。

棟梁との出会い

森田 盛行

近藤さんと初めて出会ったのは、伊豆半島にあった「三津ユースホステル」でした。ユースホステルは各地にあって、私のような貧乏学生にも利用できたので便利に使っていました。

なかでも、この三津ユースは、私の人生において大きな意義ある場になりました。近藤敏明さんと出会えた場だからです。この出会いが、私の人生の道を定めました。私の師ともいえる近藤さんには敬意を込めて、勝手ながら棟梁になる前から「棟梁」と呼ばせていただいています。

棟梁と出会ったのは、一九七〇年の大晦日だったと思います。このユースの行事の一つに、「大晦日にはお餅をつき、夜中には近くの山に登って初日の出を拝み、下山後にはおせち料理を食べてみんなで楽しくすごす」というイベントがあります。いろいろな年代の方が混じった六〇人くらいが参加し、楽しいひとときをすごしました。

そういうなかに、女の子を見ると大声で「どっから来たの」と話しかけ、年齢に関係なく、誰にも冗談をいっては笑いころげる男の人がいました。私は人見知りが激しく、知らない人と話すことが大の苦手で、いつも一人で静かに本を読んでいるのが好きでした。

そのときも、部屋の片隅の炬燵に入って一人静かに読書をしていました。すると、その人が炬燵に入り、ため口で話しかけてきたのです。

「なあ、この少年サンデー、もう読まないのけ」。

「はい、もう読みません。よろしかったらお読みください」。

「んじゃ、俺読むから、貸してけろ」。

その屈託のない様子、本を読んで笑い転げる姿を見ているうちに、いつしか棟梁のペースにはまり、私も旧知の仲のようなため口になり、棟梁と近くにいた人たちとトランプ、花札、将棋などで遊び、ギターに合わせて歌い始めました。

人見知りが激しく、物静かな私がいつのまにかはしゃぎ回り、ミーティングのときも人一倍大声で話し、歌い、ゲームを楽しんでいたのです。これまでの私の行動がすっかり変わったのです。

物静かなことから、それまで「三津の貴公子」というあだ名で呼ばれていた私は、実のところは、つねに人の目ばかりを気にかけ、びくびくしながら生きてきた根暗人間だったのです。

棟梁の、物怖じせずに誰とでも交りあえる明るいキャラクターに、私はいつのまにか魅せられていきました。そして、私の性格が少しずつ変わり、人との交わりもできるようになり、なんとか社会で

生きてこれました。これは棟梁と出会えたからです。

棟梁とは、三津ユースでお会いしてから今日まで仲良くさせていただいています。奥様とも三津ユースでお会いしました。開所五周年記念大運動会のときに、棟梁が可愛い女の子を連れてきたので驚いたのですが、その方と「結婚する」と聞いてもっと驚きました。棟梁とは正反対の静かで上品な感じの方でしたので、どうしても棟梁と結びつきませんでした。

お二人の結婚式にも招待していただきました。棟梁と地域の方との深い絆を目にして、とても感動したことを鮮明に覚えています。

先日、久しぶりにご自宅を訪問させていただきました。お二人の仲睦まじい姿を羨ましく見ていました。私も妻ののり子も、棟梁のバイタリティーのある活動、人との絆の深さ、絶えることのない向上心、思いやりのある心に感動していました。

棟梁と出会ってから約五〇年が経ちました。あと五〇年は、これからも親しくさせていただきたいと思います。

もりた・もりゆき　一九四九年、東京に生まれる。中央大学法学部を卒業して一九七五年に小学校教員に。一九九七年に全国学校図書館協議会入局。同協議会事務局長、理事長を務め退任。二〇一七年に「学校図書館実践活動研究会」を立ち上げ、代表に就任。二〇一九年にNPO法人として再発足し、理事長就任、現在に至る。

膨大な生きるエネルギー

松田　武久

近藤さんとは、アメリカのロサンゼルスで、一九九五年ころに出会いました。ぼくは、脊髄損傷の回復リハビリプログラムを受けるために渡米したのですが、その病院に、いるはずのない日本人が頑張ってリハビリをしていて驚いたことを覚えています。これが近藤さんと初めての出会い、馴れ初めです。

互いに英語など全然わからない状態でリハビリをしていたのですが、リハビリをしているのかサバイバル訓練をしているのか、なんだかよくわからない毎日でした。

リハビリの後は、二人で一緒にホテルのレストランのウェイターのラモンに英語を習いましたね。猛特訓のおかげで、ぼくは「ボール」と「メキシコ」が発音できるようになりましたが、近藤さんはどうしてもメキシコの発音ができませんでした。ちなみに、近藤さんのお気に入りのメニューは、シュリンプ・カラマリでした。小エビとイカをフライにして、ホワイトソースでからめるなどした料理です。

土日はよく近藤さんと遊びに出かけました。ドアの閉まらない白いポンティアック・グランダムに乗せてもらってユニバーサル・スタジオに行ったり、パサデナ地方にドライブに連れて行ってもらったりした日々は、いまも鮮明に覚えています。

六か月ほどのリハビリ期間だったのですが、この期間に近藤さんから、それはそれは厖大な生きるエネルギーをもらいました。今年は二〇二二年ですが、近藤さんからもらったエネルギーは、まだまだ枯れることなくぼくの中に流れています。

近藤さんと出会ったことが、人生の大きな転換点となったのでしょうか、いつの間にかアメリカ暮らしは二三年。嫁と息子と二匹の犬と、二匹の猫と毎日を楽しくすごしています。

近藤さん、近々同窓会しましょう！　近藤さんには、エネルギーの再充填をお願いしたいと思っております。

まつだ・たけひさ　一九七三年生まれ。脊椎損傷のために一九九五年にロスで半年間治療したあと復学して一九九七年に中京大学体育学部卒業。ふたたび渡米して二〇一二年にカリフォルニア州立大学ロングビーチ校の大学院で物理学の修士課程修了。現在は、騒音と振動に関するエンジニアとして、アメリカで働く。

リハビリの先生

守　一彦

「守先生、近藤さんという方からお電話です。」県立河北病院に勤務していた、二五年くらい前のことで、突然の国際電話である。内容は「いまロスアンゼルスに治療にきているから観光しながら訓練を見にこないか」というものであった。

近藤さんを患者として担当したのがその前の勤務地である旧県立中央病院である。熱気球で着地時にバスケットから放り出されて頚髄損傷になったのだ。非常にリハビリテーションに対し意欲的で、少しでも早く回復しようと努力されていたことを覚えている。

最初はベッド上の訓練から始まり、次に座位・車いすへの移乗と進むわけだが、起立性低血圧症状で気を失うため、多くの訓練時間をかけて改善した。その次は身体でバランスをとることができず、座位をとることができないために、ここにも多くの訓練時間をかけたと記憶している。

近藤さんの誘いを受けてロスアンゼルスに行ってみると、そこはアメリカらしい雰囲気の個人診療所で、訓練は独自の理論体系に基づく装具での歩行訓練であった。

そのときは他の国からも患者さんがきていた。一週間ほどの滞在で、訓練内容を見学し、観光もするという日程だった。車いすの障がい者にとってアメリカがいかにすごしやすいかを感じることができた。

その後、車いすでの生活となった近藤さんのバイタリティーに感心させられることとなる。脊損協会の仕事を受け、自らは障がい者のコーディネーター資格を取り、また職業を生かして障がい者支援組織を立ち上げている。障がい者のメンタルケアから家屋改装・住宅新築まで手掛けるのだ（実は私の家もバリアフリーで、多くの斬新なアイデアで建ててもらい満足している）。そこに私も少なからず理学療法士の立場で加わることもあった（私的に三輪バイクに乗りたいとの相談を受けたこともあった）。

しかし困難もあった。臀部の褥瘡および肩の腱板損傷による痛みに悩まされ、二度の大手術（内臓、心臓）を乗り越えてきたのだ。公私ともにつきあってきた私がいえるのは、

「近藤さんはつねに人生を楽しみ、家族を大切に想っている人だ」と。

もり・かずひこ　一九六五年山形市に生まれる。岩手リハビリテーション学院卒。山形県立中央病院勤務、理学療法士、介護支援専門員

第八章

第二ステージを「生きる」

三つの目的を決める

社会貢献の方策を考え実践する／熱気球でふたたび大空に飛び出す／工務店経営に積極的に取り組む

社会にどう貢献し、ぼくを輝かせるか

障碍者の駐車スペースをどう確保するか／手動運転装置の開発でひと儲けをたくらむが……／専門学校の非常勤講師となって／講演は実践的な講習に切り替える

熱気球でふたたび大空に

日本気球連盟と連帯して／「チーム棟梁」の結成

内なる心を変えた第二ステージ

みんながウィン・ウィンならもっと楽しい／小さな気づき

東北地方太平洋沖地震の教訓

気球仲間の紐帯と連帯／工務店「建装」の経営方針の転換

三つの目的を決める

第二の人生をスムーズにスタートさせたぼくが、この時点で考えていたぼくなりの責任の取り方は「社会人として復帰する」、つまり「収入を得て、納税を果たす」でした。障碍者として社会に甘えることはしないと決意していたのです。それでも、「それだけでよいのか」、「なにかが足りていないのではないか」という思いを感じていたことも事実でした。

そこで、三つの目標を設定しました。その目標を以下に紹介し、その具体的な行動と実践、その考え方などを列挙することにします。

社会貢献の方策を考え実践する

「身体障害者手帳」は、県立中央病院に入院中にすでに取得していました。この手帳があれば、各方面に補助金や助成金、手当の支給申請ができるようになります。等級によって受けられる支援やサービス内容は異なりますが、有料道路の料金割引、ＮＨＫの受信料金の減免または免除、自動車税の免除、住宅を障碍者が暮らしやすくリフォームする費用の給付、車いすなどの補装具購入の助成などです。

こういう手続きをひととおり経験することで、いろいろなしくみがわかってきます。しかし、行政の支援制度を利用しようとすれば、複雑な手続きが必要になります。障碍者とその家族だけでこれを理解し、手続きをすませるには、あまりにも多くの時間と労力を必要とします。制度を利用しようにも、困難が待ち受けているのです。

ぼくは、そのすべてを自身で進め経験したことで、この相談に総合的にのってくれる組織とサービス機関が必要だと考えるようになりました。この思いが、後述する「協同組合 生活住環境整備山形」の設立に繋がります。高齢者や障碍者が暮らす住宅の質や福祉用具の選定に携わる仕事をする協同組合です。

当初から、社会に貢献するという意識が特別にあったわけではありません。「社会が必要としているからやりたいし、仕事にもなる」という思いからでした。

熱気球でふたたび大空に飛び出す

障碍者になれば、日常生活を送るうえで症状にあった用具、支援などが必要になります。日常の暮らしと仕事に必要なものの代表が車です。それまで乗っていたベンツのゲレンデバーゲンは車体が高すぎて乗れないので、アメリカにいる時点で当時のクライスラー社のジープ「チェロキー」にすると決めていました。アメリカの障碍者の多くが乗っていて、「カッコいい」と感じていました。

乗ってみると運転席は少し高めですが、乗りこみやすさの点で優れていて、前方の景色もよく見えます。値段もリーズナブルで、荷物もかなりの量が積めるなどの利点がありました。

ふたたび気球に乗る準備は、こうして着々と進めていました。これがのちの「チーム 棟梁」の実現に繋がります。がんばってリハビリに取り組んだことで、気球に乗る不安はありませんでした。気球をデザインして気球メーカーに見積りを取り、発注しましたが、アメリカ製なので完成までに数か月かかります。

工務店経営に積極的に取り組む

第二の人生がはじまっても、会社の事業内容に変わりはありませんでした。「ふたたび気球に乗る」という目標はたてましたが、家族の暮らしと会社の維持がまず優先でした。そのうえで仕事の合間、合間に飛ぶ準備を進めました。

このころには、山形にもコンビニエンス・ストアが出店するようになり、初期のころから二十数店舗の設計から工事までを請け負うことになりました。これを契機に、新築住宅の建設、リフォーム、お店づくりと、仕事に困ることはありませんでした。

しかし、それでもやはり、なにかものたりなさを感じていました。

社会にどう貢献し、ぼくを輝かせるか

第二ステージを生きる目標を三つ掲げたところで、行動を起こすべき具体的な対象が見えてくるようになりました。漫然と眺めてきた身の周りにも、たくさんの課題、解消すべき不便な社会のしくみ・構造、それにルールがあることがわかってきたのです。そういうものが、無意識のうちに目に飛びこんでくるようになっていました。

では、そういう課題をどう解決に導けばよいのか。

障碍者の駐車スペースをどう確保するか

帰国したぼくは、外出するたびにストレスをかかえました。ひとつは、駐車する場所の問題です。公共施設や大型店舗などには、出入りに便利な場所に障碍者用駐車スペースが用意されています。使い勝手がよいことから、だれもが駐車したい位置にあります。

日本では障碍者優先の駐車スペースに駐車するのに、アメリカのような駐車許可証は必要ありません。思いやりというモラルに頼っているのが実情です。ところが実際は、利用者数が少ないことから、「空けているのはもったいない」とばかりにモラルを守らず、健常者が停めることが多く、いざというときに障碍者が利用できないという事態がよくあります。

そこで、「日本脊髄損傷者連合会山形支部」の協力を得て、障碍者用駐車場利用のパンフレットをつくり、県が運営する警察運転免許センターでパンフレットを配るなどの啓発活動を計画しました。センターには一年間協力いただきましたが、長くは協力いただけませんでした。

その後、同じ山形支部の協力のもとで、障碍者、政治家、駐車場問題にくわしい方を日本各地から招き、原田憲一先生をコーディネーターに、「障碍者用の駐車場利用に関するシンポジウム」を開きました。ここでの議論の結果、アメリカのような法整備は難しいことから、各県が独自の制度を普及させるしかないという結論にいたりました。

その手はじめに、山形県にお願いして条令による制度を設けていただきました。「障碍者用の駐車許可マーク証」を新たにつくり、啓発活動を展開したのです。地道ではありますが、この取り組みは少しずつ日本各地に拡がり、いまでは二〇県以上に普及したようです。

ぼくたちが考案した「障碍者用駐車場利用証」は、各県ごとに発行されました。公道では有効ではないのですが、スーパーや役所などの駐車場利用時に有効です。車いすを積み下ろしするには、幅が三・五メートル以上のゆったりしたスペースがほしいからです。

これ以外にも類似の表現は多くありますが、とにかく商店、各種施設、役所などの施設が設けている場所で駐車するときのモラルを提案しているのです。この県条例は、取り締まりの対象に

なりません。あくまでも各県が定めた駐車のモラルであって、公道での利用はできません。

手動運転補助装置の開発でひと儲けをたくらむが……

日本の障碍者には移動に関わる不満が大きいと考えたぼくは、アメリカで乗っていたレンタカーに装備されていた手動の運転補助装置を日本に持ちこむことを考えました。アメリカ暮らしの友人のタケに中古品を買って送ってもらい、それを日本でも使いやすいように改良してレンタカー会社と自動車学校・教習所に売ることを考えたのです。そうすれば移動の不便さはかなり解消できるし、ぼくも儲かるだろうと目論んだわけです。

資金がないので、機械設計士に依頼して構想を図面にして企画書を作成、それを山形県と市に提出しました。こうして手に入れた補助金は、県から二〇〇万円と市から七〇万円ほど。

補助金で試作品をつくって交通法規に照らしたところ、運転補助装置の販売に大きな障壁はありません。ところが、装置にそれなりの安全性を証明するデータの裏付けがないと受け入れられないというのです。考えてみれば、車は人の命を預かるものです。利便性と儲けだけを考えていたぼくが浅はかでした。

安全性を証明する手だては、筑波大学にありました。試作品としてつくった装置の安全性を証明するには、まず証明する装置にあわせた検査用の機器を特別につくる必要がありました。その機器をつくり、そのうえでデータを測定するまでの見積りをとったところ、なんと三〇〇〇万円はかかるというのです。バカでした、準備も配慮も足りませんでした。

そんな大金はないので、目をつけたのが有名なある支援財団です。この財団には開発資金に支援を求めるさまざまな応募が、日本各地から毎年寄せられます。ぼくも応募すると、最終選考の一三案の一つに残ることはできました。しかし、トップ一〇には選ばれなかった。

ひと儲けをたくらんだ目論見は、あえなく挫折。あとになって、登録料を払って実用新案の特許を取りはしたものの、世のなかに出せなかったことを、いまも残念に思っています。それどころか、実用新案を維持するには特許庁に登録維持のお金を毎年払わねばならず、実用新案もだいぶ前に取り下げました。

このときの試作品は、ぼくは自分が乗り換えた三台の車に取り付けて利用してきました。七〇万キロメートル以上は走行していますが、なんらの問題も起こさず、現在も使用しています。

専門学校の非常勤講師となって

二〇〇一年から二年間は、「山形医療技術専門学校」で、臨時講師を務めました。年間一〇時間の授業科目は、「簡単な住宅改修と福祉用具の選び方」でした。障碍者家族の負担を軽減する住まいづくりと、住宅内で福祉用具を活用して社会参加を促す方法の提案です。授業の下準備に

はほんとうに苦労しました。でも、教えることの楽しさと難しさを、身をもって経験できたのは大きな収穫でした。

現在は、障碍者が自立した生活がしやすいように、住まいをリフォームするノウハウが蓄積され、福祉用具も日進月歩です。障碍者が社会参加する物理的な環境は、格段に改善されています。障碍者が家の中で安全に、できるだけ快適に暮らせるように工夫することは、家づくりの基本です。でも、それだけではいつまでたっても社会参加はできません。ぼくはアメリカでの見聞を交えて、生徒さんたちに、「リハビリの最終目的は、体と精神の両面ともに克服できるようにして社会に送りだすこと」を目標に、社会参加できるまで支援することの必要性を、強く訴えてきました。ぼくが納得できる家づくりの基本は、ここにあるのです。

この学校で多くの生徒さんと知りあい、人のネットワークを拡げることができたことは、のちの情報交換やリハビリ相談、仕事や人の紹介などに繋がりました。多くの方との関わりが膨らみ、支援をいただくことになったことは、仕事上の大きな力になりました。

講演は実践的な講習に切り替える

二〇〇〇年ころから、少しずつ障碍者の家づくりをはじめると、めずらしいものが大好きなマスコミが我が家にやってくるようになります。テレビやラジオにも出るようになることで、いろいろな相乗効果が働いて講演依頼までくるようになりました。聴衆が一二〇〇人という場面も経験しました。もちろん、元来のぼくはそんな器ではないから、多くは公民館などでの講演でした。

それでも、講演となると話題をまとめる原稿づくりはたいへんです。忙しい仕事のかたわらですから、講演はしだいに減ります。ネタ切れも感じてきたぼくは、やがて講演、セミナー等はいっさい断ることにしました。講演は断っていますが、山形県立中央病院、日本海病院など、県内で中枢的役割を担う病院で、医者、リハビリ・スタッフ、看護師さんたちにむけて、車いす用のクッションの選び方などの定期的な講習はつづけました。

障碍者という医療や福祉の恩恵を受ける側の目線でみる医療や福祉の実態と、障碍者が希望する環境とには齟齬があります。しかし、反目するような大きなものではありません。障碍者本人も、制度に頼るだけでなく「自分でできることを探す」、「こうすればどうなるかを考え、行動する」、そんなことが実践できれば、居心地よく日々をすごすことができます。そういうちょっとした気づきができると、周りのすべてが変わるのです。そうなればいいなという想いがあります。

熱気球でふたたび大空に

ぼくはなぜ、こんなに苦しいリハビリに時間とお金をかけて取り組んできたのか、与えられた

天命にあらがうように挑戦しつづけてきたのか。家族や周囲の人たちに大きな迷惑をかけたことへの責任感がそうさせたのです。同時に、人生を楽しみたいのに、楽しみも生きる目標ももてない日々の暮らし、埋没する日常が怖いという思いからでもありました。

その象徴ともいうべきものとしてたてた目標が、ここまで書いてきたように、「ふたたび気球に乗って大空を舞う」ことでした。ぼくの体でも、この願いを実現できるかもしれない、そういう一歩手前の段階にまで、ぼくの体は恢復していました。

日本気球連盟と連帯して

ふたたび気球に乗ることを不安に思うよりも、それを希望とする気持ちが強くなったころには、家族の暮らしと会社の経営・維持もなんとなく形になってきます。元のように落ち着いてくると、仕事の合間、合間をみて空を飛ぶ準備をするようになっていました。

気球を飛ばすには、熱気球飛行に関係する機関との情報の共有は不可欠です。国内の情報を中心的に仕切っているのが、「一般社団法人 日本気球連盟」。ここが「国際航空連盟（ＦＩＡ）」とも連携して、パイロットやインストラクターの育成、フライトの安全指導、気象やプロパン・ガス、窒素ガスなどの高圧ガスの安全確保に関連する勉強会などを定期的に開催しています。

もし事故が起これば、原因をそのつど究明し、約二〇〇〇名の会員に知らせるなどの重要な任務も担っています。ぼくはちょっとした判断ミスを犯して、大きな事故を起こしてしまいました。しかし、本来の熱気球は安全にできています。危険なスポーツなんかではないのです。

日本気球連盟もぼくの事故を教訓に、気球に搭乗する人はベルトで体をバスケットの一部に固定し、振り落とされることのないよう指導することを追加しました。日本気球連盟のそういう活動が、気球仲間の強い連帯意識を生み出し、互いに支えあう構造をつくっているのです。

大空を舞う楽しさを教えてくれた熱気球に娘の五月と二人で乗りこむ（1989年11月）

「チーム棟梁」の結成

アメリカに発注した新しい気球が届きました。球皮全体を檻に見たて、その檻の中でゴリラが鉄格子に噛みついているデザインです。ゴリラは、ぼく自身の姿かもしれません。飛行に必要な機材はすべて、ぼくが設計したトレーラーで運びます。これを五人乗りのジープに連結すれば、人も機材も一度に運べます。トレーラーが不用など

きは、切り離してジープ単独で遊べます。仕事にも、遊びにも使える優れものです。ぬかるんだ田んぼのあぜ道も、四輪駆動のジープは嫌がりません。

東北大学気球クラブＯＢの橋爪雅幸くん（一七八ページ・コラム参照）、山形芸術工科大学女性ＯＢでファースト・パイロットの通称グングンの三人を主なメンバーに、気球クラブ「チーム棟梁」の結成です。社会復帰後の気球界への帰還は、こうしてはじまりました。

威勢よくチーム結成を叫んでも、実態はゆるゆるのチームです。中心メンバーに加えて、チームに属さない気球経験者もときどきは参加します。おもに東北での競技会には参加するものの、いつもは近くのダチョウ牧場などでダチョウとたわむれ、ご当地の食を楽しみ、遊んでいたことから別名「ダチョウ倶楽部」。空を飛ばずに遊んでいる仲間という自戒的な、自嘲的な意味もありました。橋爪雅幸くんとグングンには、面倒くさがらずに障碍者のぼくによくもつきあってくれたものだと、感謝しています。

これで三つの目標のすべてを達成したはずでした。でも、実体はそうでもなかったのです。

内なる心を変えた第二ステージ

リハビリしつつとはいえ、アメリカ生活を思いっきり楽しんだぼくは、多くの学びを得ることができました。それは福祉用具や車などを含む道具の工夫や考え方であったり、モラルや制度であったりしました。しかし、そこには厳しさもありました。そういうことをたかだか四か月くらい体験しただけでしたが、ぼくの体にも心にもその精神はしっかりと浸みこんでいました。

もちろんそのままを日本に求めるのは無理なことです。それでもぼくは、さしあたってなにをどうすればいいかを考えるようになっていたのです。

みんながウィン・ウィンならもっと楽しい

第二の人生で多くの方に支援をいただいた経験、アメリカ生活で得た経験は、ぼくの考え方を大きく変えつつありました。社会貢献などと大げさなものでなくとも、いつのまにか、障碍者支援を考えるようになっていたのです。

障碍者が住みやすく社会参加しやすい家づくりと福祉用具の知恵を得たこれまでの経験がぼくの仕事になり、仕事と収入が増えれば、ぼくの人生はもっと楽しくおもしろい人生になるのではないか。その結果、利用者に喜んでいただけるのであれば、みんながウィン・ウィンになるなら、もっと楽しくなれる。そう考えるようになったのです。

自分のしたいことにチャレンジし、その成果を楽しむ自分になりたい。心のなかに、そういう内なる変化が起こっていたのです。

小さな気づき

ふだんの工務店業務にしても、障碍者のお手伝いをしているうちに、なにかしらの気づきができてきました。障碍者として社会的に暮らしを支援・保護されるのではなく、働いて納税するようになり、気球界にも復帰したことで、最終目的はすでに果たしたと思っていたなかでの気づきでした。もしかしたら、ぼくは大きな勘違いをしていたのではないのかと……。

ぼくの第二の人生がはじまるなかでたてた目的と目標は、まだ実現できていないのではないか、途中段階でしかないのではないか。多くの方に迷惑をかけたぼくが最終目的を達成したかどうかは、ぼく自身が決めることではないのではないか。これまでぼくと関わった人たちが決めることではないのか。もしそうであれば、ぼくの人生の評価は、ぼくが第二の人生を締めくくったあとになるのではないか。そんな気づきがあったのです。

東北地方太平洋沖地震の教訓

上述したように、二〇一一年三月一一日に東北地方太平洋沖地震が、翌日には長野県北部地震がありました。これにともなって、福島第一原子力発電所事故が発生しました。この総称が、東日本大震災です。この東北地方太平洋沖地震で、「工務店のあり方・考え方を根本から変えなければならない」と思い知らされました。

気球仲間の紐帯と連帯

東北芸術工科大学のバルーン部のメンバーと

多くの熱気球仲間も震災にあいました。熱気球活動も制限せざるをえなくなりました。そんなおり、宮城県大崎市の岩出山チームのメンバーから要望が届きました。

日本各地から多くの支援物資が届くが、食料のほとんどが生もので、「配布員は賞味期限の確認、選別と廃棄に多くの時間をとられている。なんとか賞味期限の長い食品がほしい」と。

そこで、美味しくて調理も簡単で、山形らしいものはないかと考えて浮かんだのが、乾麺のそば。「それはいい！」となって、知りあいのそば粉専門卸の鈴木製粉所の鈴木社長に相談したところ、気持ちよく承諾いただけました。山形でも美味しいと評判の贈答用乾麺一二〇〇

食分を岩出山町に送りました。

震災直後は輸送手段の手配がなかなかできず、チャーター便で運びました。後日、仙台市の南にある名取市の気球チームのメンバーの一人である市役所職員と会ったとき、「あのそばの一部は名取市にも届いて、助けられた」と感謝されました。少しは気球界の役にたてたとうれしく思ったものです。

地震のあった日のぼくたち夫婦は、たまたま仕事で東京ビッグサイトにいました。災害が発生すると、震源からあれだけ離れていても、都会がいかに脆弱な暮らしの装置で成りたっているかを、思い知らされることになりました。

ぼくたちは会場近くのホテルを予約していて、泊まる場所に困ることはありませんでしたが、それでも食事や通信には不便しました。東京に住んでいても、食事、通信にとどまらず、移動できない、家に帰れないなどの多くの厳しい状況に直面しました。この現実を目の当たりにして、都会暮らしが必ずしもよいとはいえないことを、身に染みて経験することになりました。

工務店「建装」の経営方針の転換

東京に二泊して、娘の夫の山下大介の車で山形市内の自宅に向かいました。家、ブロック塀、その他が倒壊し、道路もところどころ陥没し、街灯や信号も点灯していない。そんな一般道路を一一時間かけて自宅にもどりました。

山形市内にそれほど大きな損壊はないだろうと思っていたら、震度五強、三名死亡、重軽傷者四五名、建物被害一四〇〇棟以上、三五万戸が停電していました。ぼくたちの家も窓ガラスが割れ、照明器具も壊れ、停電は三日目にようやく復旧しました。ほかにもガソリンなどの生活物資の不足にも悩まされました。

そんななかでも、被災地の障碍者から、「住まいや生活に困っているので相談にのってほしい」などの連絡が相次ぎました。

この要望に応えようと、被災地の障碍者支援という名目で、ガソリンが不足するなかで優先的に給油でき、一般車両進入禁止の被災地区でも自由に出入りできる通行証を山形県警の協力で取得できました。この直後から、被災地をできるかぎり視察することにしました。

災害の状況を眼前にしたぼくは、「住宅建築の取り組み方を全面的に見直さざるをえない」と考えるようになります。同時に、温かい家と食事、家族の笑顔、仕事や学校などの人の暮らしを支えるあたりまえの「もの・こと・会話」がいかにだいじか、それが人をどれだけ幸せにするかを実感します。なんのへんてつもない、ふだんどおりにいられることに感謝しなければいけない。そのことを、心の底から感じたときでもありました。

相談者の住宅は、そのままでも住めるものもありましたが、多くは現状になんらかの工夫をし

ながら暮らさざるをえないレベルのものがほとんどでした。そういうなかでも、ぼくのように障碍者でありながら、いまの自分にできることを他人に提供しようとする人も出はじめます。

被災地のほとんどを視察し終えたぼくでしたが、それからというもの、悶々とした日々を送るしかありませんでした。震災前の分譲地には、たくさんの新築家屋が建っていたはずです。なのに、いまは一棟も見あたりません。ここにマイホームを建てた人たちは、多額の住宅ローンをかかえているだろうに、どうするんだろう？

そんななか、ぽつんと取り残されたように建っている家屋が数軒ありました。昔ながらのつくりだと、一目でわかるものでした。壊れた家と壊れない家、この二つを見くらべながら、これからの家づくりの流れはどこに向かうのだろうかと考えても、単純には推測できませんでした。しかし、「家づくりの考え方は変わる」ことは、感じざるをえませんでした。

当時のぼくは六一歳。建装の社長として、大きな課題をいくつもかかえている時期でした。後継者を育てていないし、経営の幹部候補生も育っていませんでした。それまでのぼくは、自分の好きな仕事、興味のある仕事を中心にこなすだけの会社運営をしていたからです。

家づくりの考え方を変えざるをえないと感じたものの、ではどうすればよいのか。その答えがぼくには見当もつかなかったのです。

ぼくには弟子を経験する時期があり、独立後は高度成長期という幸運な時代背景が、ぼくを後

筆者が30歳代前半に手がけた新西国中通三十三観音霊場の「成安寺」

押ししてくれました。一般家屋のほかにも、郵便局だけでも三局、個人の医院、寺、店舗、公民館、その他多くの建築経験を積むことができました。そういう経験の積み重ねがあったからこそできた経営です。では、これまでの技術や手法、考え方をどう方向転換させればよいのか。

いまの世代に弟子制度、徒弟制度などは残されていません。工法も材料も、新しく変わりました。ぼくが若いときに要求されたような業務・技能を、同じように次代の後継者に要求しても、若い人は対処に困るのではないか。かといって、建装独自の売りになる技術・工法はない。かといって、この現状を解決しないと、これからのぼくの人生の設計図、計画図面は描けない。

第九章

第三ステージに繋ぐ

「協同組合 生活住環境整備山形」を設立

設立の趣旨と思い／患者さん、病院、行政との懸け橋として／

患者さんと社会を繋ぐ福祉機器

多彩な福祉機器の情報収集／個性ある車いす製作を支援／車の運転補助装置

交通事故被害者家族会との連携

裁判資料の作成まで請け負う／東北一円のニーズに対応する

「エール事業協同組合」に改名／外国人技能実習生受け入れをきっかけに／

介護に関わるＮＰＯ法人の設立

介護の質の向上をめざして／介護事業者のサービスの質を調査／山形県の指定管理者に、実態は山形県のホームページで公表

第三ステージに託す夢

新しい出会いを求めて／日本一ちいさい村、ゼロ・ポイント・フィールド

「協同組合 生活住環境整備山形」を設立

障碍者のために行動を起こしたい。帰国して翌年の一九九六年ころには、こう考えるようになっていました。「障碍者のために」というだけでなく、「役にたちながら稼ぐこともできるはずだ」と考えたのです。アメリカの障碍者への対応の姿に学んだ結果でしょうか。

関係する業界に精通した方がたに相談した結果、「障碍者自立の総合的支援に特化した新しい組織をつくろう」ということになりました。こうして一九九八年に誕生したのが、「協同組合 生活住環境整備山形」です。

組合の設立は自由にできません。各県におかれている国と県の外郭団体である中小企業団体中央会を通じて申請・認可されます。山形だと、山形中小企業団体中央会に「中小企業等協同組合設立認可申請書」一式を作成して提出します。同じ目的の四社以上の事業主が発起人となる必要もあります。知りあいの四人の企業経営者にお願いして、建装と五社体制で設立しました。

設立の趣旨と思い

障碍があっても「社会参加したい」、「参加させたい」と思っても、必要な情報を総合的に集め、

組みたてることは、一般の人には容易ではありません。行政の制度も活用しにくいものです。

情報と同時に重要なのが、精神的な支えになる人の存在です。精神的に自立することにいちばん時間を必要としたぼく自身の経験から、そういうお手伝いをする人間として、ぼくがいちばん適しているのではないかと思えたのです。

この協同組合のホームページは、こんな文章からはじまります。


私は昨日まで元気でした。

今は障害を負った体です。

こんな悲しい事はありません。

不自由な体になる理由はいろいろです。

突然の交通事故、労災事故や、病気が原因の人……。

原因が違っても不自由な体は同じです。

その一瞬から始まります。

なぜ俺がこんな体に……！　なぜわが子がこんな目に……！

そんな思いが頭から離れません。

何も考えられない状態から、やがて少しずつ状況を理解し、自分との葛藤が始まります。

自殺を考える人もいるでしょう。
それでも大半の人は、時差はあっても、前向きな前進を始めます。
家族は、みんなで支え合う光景を見て暮らしてきました。
子が障碍者になればその子を残して、親は他界することを恐れます。
残された本人は、不安と複雑な気持ちで過ごさざるを得ません。
私には、そのような障害者や家族の気持ちが、痛いほど理解できます。
私、近藤は、同じ障害者です。
私は熱気球遊びで、障害者になりました。四二歳のときでした。
今は社会復帰して働いていますが、復帰まで一年九か月かかりました。
家族にも、いっぱい迷惑をかけました。
その経験から、家族の気持ちも痛いほどわかるのです。
障害は突然です。
本人も家族も、途方に暮れます。
でも、自分だけで、家族だけで悩まないでください。
あなたの周りには多くの仲間、支援者がいます。
たとえ障害があっても生きていけます。

人間社会の一員だからです。
前を見て前進しましょう。

理事長　近藤 敏明

患者さん、病院、行政との懸け橋として

障碍者を支援する社会福祉や医療制度などの行政の制度を活かすには、患者と病院、行政を一体的に繋ぐ「懸け橋」が必要です。それが組合の役目です。

組合は、病院から患者さんを紹介され、病院側の意向を聞き、患者さんから苦情と愚痴、不安と要望などを聞きます。障碍者向けの行政制度は国内みな同じです。しかし現実には、市町村の予算などによって、利用できる内容は異なります。

ぼくたちは患者さんの意向と行政側の制度内容を聞き、住宅改修や必要な福祉用具の調達を織りまぜた支援計画書を作成し、まずは患者さんに説明します。患者さんの了解を得れば、病院と話しあって必要であれば入院の延長も検討します。次に、行政に自宅で必要な福祉用具の申請、住宅改修費用の申請などをしながら、住宅を改修して福祉用具を設置するなどします。

退院後は、車が必要であれば選び方を説明し、補助具の業者を紹介して助成金の申請までをお手伝いします。このとき、医療器が必要であれば医療器の販売と取り付けもします。社会復帰の支援にまで関わるのです。たまに、「結婚して子どもをつくりたいが……」といった相談も受けます。二〇〇三年に「個人情報保護法」が施行されるまでは、病院側の判断で情報を動かしていましたが、現在はできなくなっています。

北海道網走市内で学生生活を送る山形県出身の大学生が、スキーで大けがをしたことがありました。「卒業するまでここで生活したいので、なんとか支援してほしい」という相談を組合が受けました。網走市役所と電話だけで話しあい、地元の不動産屋さんに改修可能なアパートを探していただき、改修計画を整えて地元の工務店に工事を依頼しました。大学生は、そのアパートで二年間一人で生活し、無事に卒業して現在は地元に帰って働いています。そのような事例もあります。

患者さんと社会を繋ぐ福祉機器

世界三大福祉機器展の一つ「国際福祉機器展」が毎年、東京ビッグサイトで三日間開催されます。こういう催しに参加して新しい情報を仕入れることは、地方にいても欠かせません。

多彩な福祉機器の情報収集

展示機器は広範囲にまたがり、一八のカテゴリーに分類されています。車いす、歩行器、福祉

車両、家の段差を解消する段差解消機、ベッド、マット、クッション、エレベータ、洋服、入浴用品、トイレ・おむつ用品、衣類・着脱衣補助用品、コミュニケーション・見守り機器、建築・住宅設備、リハビリ・介護予防機器、義肢・装具等々と、多彩なものがそろいます。

ぼくは、とくに主要な業者との直接取引の交渉などで、忙しくたち回ることになります。

個性ある車いす製作を支援

車いすは、重要な福祉機器です。これまでくり返し書いてきましたが、日本の車いすはダサいのです。重くてデザインに個性がないなどの難点が多くあります。だけど安い。そういう車いすについても、車いすを必要とする人の障碍のレベルや体力、健康状態、経済状態に合致したものを提供するには、体験にもとづく新しい情報の獲得と勉強は欠かせません。

というのも、二〇〇〇年に介護保険制度ができてから、国内の車いすの個性はなおさらなくなり、制度内で利用しようとすれば一律の機能・形態の車いすしか利用できなくなったからです。車いす利用の高齢者の社会参加はもちろんのこと、日常の自由な行動までも制約されるようになったとも感じています。

外国産の車いすの知識と情報も集め、受注して注文できるようにもしなければなりません。見た目のよくない日本の車いすに乗っていたぼくですが、アメリカ製の車いすを注文して乗りはじめると、乗りやすくて走りがよいことに満足し、以後のすべての車いすはアメリカ製を中心に外国製になりました。現在もそうです。

ただし、気をつけるべきことがあります。アメリカの元気な障碍者たちは、アームレスト、サイドガード、ブレーキなど、少しでも余計と思ったものはすべて外した状態で乗り回します。少しでも軽量にするためです。当初のぼくも真似をしてアームレストとブレーキを外しましたが、やはり危険なことがあります。というよりも、体幹を支えるアームレストはやはり必要です。これがないと、ぼくのように背骨が変形します。気をつけてください。

車の運転補助装置

アメリカのレンタカーで経験したような車の運転補助装置を、ぼくは日本で開発・製品化しようとして挫折したと書きました。しかし、日本でも独自の製品が開発され、最近では種類も多くなりました。障碍の状態に応じた機器が選択できるようになっています。それでも、取り扱う業者が少ないのが現状です。

山形県にしても、専門の業者さんはなく、車のメーカー頼みで決まることが大半です。ぼくたちの組合も、じつは宮城県の業者さんを紹介するに留まっています。

交通事故被害者家族会との連携

交通事故の処理に関わる仕事があることは知るよしもなかったのですが、山形県酒田市にある「日本海総合病院」の患者さんからの依頼で現状を知りました。

その患者さんは交通事故被害にあった高校生で、損害保険会社との示談がなかなか成立しないので、裁判で決着をつけることになったのです。そのお手伝いを、ぼくたちの組合にしてほしいという依頼がありました。

裁判資料の作成まで請け負う

損害保険会社を相手に賠償の訴えを起こす交通事故被害者の多くは、交通事故被害者専門の弁護士に依頼します。患者の将来の補償までも含めての賠償を求めた裁判では、二、三年をかけて損害保険会社と争うことになります。争うには、弁護士の意見も取り入れた裁判用資料の作成が必要です。その資料作成が仕事になりました。

ぼくの担当は、被害者が暮らしやすい住宅の新築・改築の平面計画の作成を基本に、生活に必要な福祉用具や体調管理に欠かせない空調、介護用品などを、対象者に適切でふさわしいものを選定することでした。それを平面図に落としこみ、そういう機器や用品がなぜ必要なのかを文章で記し、住宅内部での移動と、社会と交わったり通院したりを容易にする計画をたてるのです。必要とあれば、訪問介護・看護などの行政の支援内容にまで踏みこんで対応します。障碍に応じて、医療器の配備計画をたて、そのすべてにかかる費用を算出します。この一連の作業を担う仕事を、ぼくが担当しています。

これらすべての対応は、ぼくがこれまで実際に手掛けてきたことですから、引き受けることになんの問題もありません。それでも、これだけの仕事を一つの組合が引き受ける例は全国でも数少ないのだそうです。やがて、「全国交通事故被害者家族会」や弁護士から依頼が直接くるようになりました。資料の作成からはじまったのですが、依頼があれば実際に住む家の設計図の作成と建設工事、それに福祉用具や医療機器の販売まで受けるようになりました。

この分野の仕事は、現在もつづいています。ただし、最近は車の性能がよくなり、交通規制が強化されたこともあって、安全運転にみなさんが気をつけるようになっています。その結果、この仕事の量は減っています。

東北一円のニーズに対応する

裁判資料作成の仕事は、多くはお引き受けできませんし、いくら依頼されても、一年で手掛けられる件数は三、四件が限界です。裁判で争う補償額が数億円の高額になるのは普通です。ぼく

たちも覚悟して身構えますし、それだけに時間もかかります。

それでも、ぼくたちのような人間は便利なことから、担当区域は東北一円と北関東、新潟県に至るまでの広範な地域にわたります。それだけのニーズがあります。

「エール事業協同組合」に改名

一九九八年の設立から二年後の二〇〇〇年には、「介護保険法」が施行されました。それまでは、病院と行政からの紹介で、「障碍者を対象」に住宅建設と福祉用具の販売と取り付けを仕事にしていましたが、そこに「高齢者を対象」にする業務が加わったのです。共同組合の障碍者支援やバリアフリー住宅の建設は、こんどは高齢者が対象の介護保険法による住宅改修補助制度の活用で、急速に普及をはじめたのです。

しかし、こうして設立から二一年たった二〇一九年には、障碍者支援やバリアフリー住宅の建築も、介護保険法による住宅改修も、市場としてはすでに飽和状態でした。ぼくたちの組合も、めざすべき姿、方向を新たに探さなければならない事態でした。業容の転換です。これにともなって、改名という方法をとることにしたのです。

外国人技能実習生受け入れをきっかけに

組合活動の業容をどうすべきかをまず相談した人は、介護専門事業を手広く運営する伊藤順哉さんでした。伊藤さんは、これからは外国人が働くことの必要性を理解していました。そういう彼が、「介護人材を外国人技能実習生として受け入れる事業所を、県内で最初にたちあげるのはどうだろうか」と提唱したのです。

技能実習生を受け入れている組合は、業種を問わなければ県内にも何組合かあります。建設業にとくに多いのですが、介護事業所も人材不足に困っていました。しかし、介護事業の実習生を受け入れている組合が、県内にはないことに目をつけたのです。これを理事のみなさんと協議した結果、業容を拡大させることに決まりました。

これにともなって、「生活住環境整備山形の名前のままでは、事業内容と合致しないだろう」と考えた結果、「エール事業協同組合」と改名することにしたのです。「エールを送る」のエールです。選手を励ます叫び声、親しみをこめて相手に送る応援メッセージのことですね。二〇一九年のことでした。

この名称にしたのは、これまでの事業の対象は個人が中心でしたが、これからは事業所も加わることが理由の一つでした。といっても、事業内容はこれまでとそう変わりありません。「外国

人技能実習生」の受け入れ事業が加わっただけです。

そうしたところに、七月に申請した外国人技能実習生受け入れの認可が厚労省から一〇月に下り、「さぁ、やるぞ」と意気込んでいた翌年の二〇二〇年一月、コロナ騒動がはじまりました。新型コロナウイルスの世界的流行、パンデミックが長引いたのです。すべての外国人の入国が制限されたうえ、技能実習生の入国もできない状態になったのです。しかも、悪いことはつづくものです。

ぼくたちの外国人派遣事業は、ミャンマーの国営事業所とも契約していました。あのスーチーさん、アウンサンスーチーさんも設立に一役買っていた事業所です。ところが、二〇二一年二月にミャンマー国内の軍部によるクーデター、政変があって、一人の実習生も送られてきません。それどころか、一年たっても軍部と反政府勢力との争いは収まりません。

世の中の状況はどうであれ、介護の人手不足は待つことができません。この間に、すでに技能を取得して特定技能者として認定された外国人を、一人一〇〇万円前後の手数料を人材派遣業者に払って雇うような流れが、一部で定着しつつあります。特定技能者であれば、組合でなくとも人材派遣業者を通せば雇うことが可能だからです。

そんな二〇二一年に、ぼくは建装を退社することになります。そうなると、建装は組合から脱退しなければなりません。建装だけでなくほかの組合員の会社にも同じような変革があって、組合や理事のメンバーを入れ替える必要に迫られました。これに組合事務所の移転等が重なり、技能実習生の受け入れは思うように進みません。そこで二〇二二年には、組合員の一人がインドの送り出し機関に出向いて現地を視察するなど、あらたな送り出し機関との連携に向けて活動をはじめています。

介護に関わるＮＰＯ法人の設立

二〇〇〇年から介護保険法がはじまったことにより、組合は障碍者だけでなく高齢者や難病の方との関わりが多くなります。そのなかで気づいたことがありました。当時は高齢者施設を運営すれば儲かるという神話で、医療関係に携わる方、資金に余裕のある方、建設関係者などが我先にと施設をつくり、運営をはじめたのです。受け入れ施設が多いことは利用者からすればうれしいことですが、急激に施設が増えたことで介護に携わる人材の教育が追いつかない状態になったのです。サービスの質に大きな格差を感じていたのです。

ぼくは、入所者の安全対策、健康対策、食事、介護者の育成や施設運営の将来像などの質に基準をつくる必要があると考えたのです。そのうえで、そういう内容を調査してホームページで公表してはどうか、そうすれば儲かると同時に介護の質の向上にも繋がる、そう考えたのです。

この話を県内でもっとも大きい医療機器販売会社の営業担当者に相談したところ、「じつは同じことを考えている人が二人いる、会ってみないか」と誘われたのです。これがＮＰＯ法人設立

のきっかけです。

介護の質の向上をめざして

紹介された二人は、すでに介護事業所を数か所運営されている方でした。お一人は、成人の障碍者施設と老人施設を長く運営されるなど、経験も実績もある荒井与志久さんです。もう一人はのちに組合の今後を相談することになる伊藤順哉さんです。伊藤さんも高齢者施設を数か所運営されていました。

三人の意見が一致したところで動きはじめます。事業内容を決め、利用者さん、家族、事業所を応援する意味を込めて「エール フォーユー」の名で活動することになったのです。

理事長には荒井与志久さんが就任して、伊藤さんとぼくが副理事長です。ほかに五名の方に理事をお願いして「NPO法人 エール フォーユー」は二〇〇六年六月に活動をはじめました。

介護事業者のサービスの質を調査

ぼくたちが独自に調査内容を検討してまもないころ、やはりぬかりのない国は、ぼくたちと同じことを考えていて、「調査員を養成するセミナーをちかく開く」という案内が、山形県を通じて届きました。そこで、ぼくたちは自分たちのスケジュールを変更して調査員に応募して、三種類の資格を取ります。

このころの県や市町村は、職員削減と経費軽減のために多方面で指定管理者を募集していました。そのなかに「介護事業所サービスの公表」が含まれていました。ぼくたちは、山形県内唯一のNPO法人としてこれに応募し、この競争に勝ち抜いて山形県介護サービス情報の「公表指定情報公表センター」に指名されました。

以後、一七〇〇以上もある介護事業所の調査、場合によっては事業所の総合的なサービスの質までを調査しています。

山形県の指定管理者に、実態は山形県のホームページで公表

その結果は毎年、山形県のホームページを通じて公表することになりました。事業所には、厚生労働省の質問に答えるかたちで報告していただき、NPO法人 エール フォーユーの事務員三人が内容を精査して公表するのです。

「地域密着型サービス外部評価」と「福祉サービス第三者評価」の調査は、県と「社会福祉法人 全国社会福祉協議会」主催のセミナーでの審査で合格した一五人の資格のある調査員が担当します。まず、各事業所から事業内容や事業所の概要、五〇項目前後の取り組み内容の情報をいただきます。そのうえで、調査員が事業所を直接訪問して、報告内容どおりのサービスが行なわ

れているかどうかの聞き取り調査を行ない、その調査結果をa、b、cのランクで評価するのです。「地域密着型サービス外部評価」の調査結果は、NPOが独立行政法人 福祉医療機構に直接報告します。「福祉サービス第三者評価」はNPOから県に報告、「社会的養護施設」はNPOから県と全国社会福祉協議会などを通して、やはり福祉医療機構のホームページで公表されます。NPOの三人の事務員はどちらにも関わっていますが、実態はもうすこし複雑です。

そういうなかで、ぼくたちは多様な分野の専門家に調査員を依頼しています。元消防署長、山形県第一号救命救急士、看護師、事業主、介護福祉士、介護事業所管理者、食に精通した人など、経験と知識の豊かな調査員にお願いしています。

第三ステージに託す夢

少しかっこよくいうと、ぼくには第三の人生が待っています。そして目標もあります。ぼくがこれまで教えられたり経験したりしたことを活かして、ぼくと同じように目標を達成したいと願う人たちの力になりたいというのが目標であり願いです。これまでの人生経験によって得たことをもとに、これに言葉を結びつけて伝えていこうとしています。

それが「責任をもつ」行動、生き方、精神です。自分に対してではなく、「社会に責任をもつ」

ことが基本的態度です。これを表明したのが、この本です。

新しい出会いを求めて

第二の人生の途中からのぼくは、いかにも「他人のために」を第一義に考えて行動してきたかのように思われるかもしれません。しかし、ほんとうに貴重な体験をすることになったのは、ぼく自身のほうでした。

コロナ禍で世界の人の暮らしが一変しました。積極的な見方をすると、だれもがますます主体的に生き方を選択し、行動し、社会参加しやすくなったといえます。そういうなかで「主体的に活動したい」、そんな選択をした人をぼくたちは支援したいと考えているのです。

日本一ちいさい村、ゼロ・ポイント・フィールド

ぼくのわがままで、そのための場所づくりをはじめました。一三五平米の狭い土地に「村舎」を建設しています。この場所には、「なんもないけど、すべてがある」との考えで、施設名を「日本一ちいさい村 ゼロ・ポイント・フィールド」としました。名目だけですが、ぼくが村長になって運営します。

ゼロ・ポイント・フィールドというのは、物理学の学術用語で、素粒子が生み出される空間に

サクランボ栽培のビニールハウスに囲まれた「日本一ちいさい村 ゼロ・ポイント・フィールド」の村舎

遍在する「エネルギーの場」の意味です。宇宙の根源であり、そこに過去や未来の情報などのすべてがあるとされています。一立方センチメートルほどの大きさで、地球の海を沸騰させるエネルギーがあるともいわれています。

社会は、無数の歯車で動かされているといえます。そういうなかで、ぼくの行動は目に見えないほど小さな歯車かもしれません。でも、それでもよいから、この村を拠点に社会に大きく貢献できればと願っているのです。

第三の人生は、自分のための目標でもあります。現役を引退したあと、「近藤が、これまででいちばんいきいきとしていた時期だった」といわれるような日々を送りたいと考えています。

ゼロ・ポイント・フィールド
https://zeropointfield.jp/

経験を活かして、障碍者や健康づくりに配慮した家づくりのサポートや起業支援に取り組む。拠点となる村舎は、経営者たちとの相談や勉強の場としても活用。飛び込みの相談にも対応しながら、日々楽しくすごしている

おわりに
人生の危機とぼくの脱出作戦

気球事故と東日本大震災を契機に

気球事故がぼくの人生において最大の転換点であったことに違いはありません。なに不自由なく、建築中の家の桁や棟木の上を歩き、田んぼを駆け巡り、飛び跳ねていたぼくが、一瞬で歩くことができなくなった。四二歳のときです。

生き方を変えることをぼくは余儀なくされました。これほど大きな人生の転換点はありません。医者は、「死ななかっただけでも、よかったね」という。しかし、なにをするにも不便です。「楽しくない体」です。行動は、すべてにおいて制限されます。

世のなかには、生まれながらに障碍のある方がおられます。そのような方たちには失礼になるかもしれませんが、ぼくのような中途障碍者も、この不自由な暮らしを受け入れるまでには、たとえがたい心の葛藤がありました。社会の壁など、乗り越えるハードルは高いものばかりでした。

そういうぼくの考え方が変わり、行動が変わり、生き方も変えてスタートすることになった第二の人生です。正しくいえば、考え方を変え、行動を変え、生き方を変えることで、ぼくは第二の人生をはじめるしかなかったのです。

さらに、二〇一一年には東日本大震災が東北一円を襲いました。この大災害は、一九九三年の気球事故からいろいろな面で立ち直りかけていたころでした。「建装という工務店は、はたしてこれからも生き延びられるのか」、「どうすれば生き延びられるのか」、「どのように生き延びるべきか」を問われる事態でもありました。経営の転換を迫られる事態だったのです。

そんなとき、一通のＤＭが目にとまりました。「大震災後の家づくりの考え方を伝える」という内容のセミナーでした。送り主は、工務店支援で名が知られ、実績もあるコンサルタント会社でした。「このままではいけない」と考えていたぼくは、長野県で開催されるセミナーに参加する決心をしました。日本各地から七〇社くらいの工務店が出席していました。

セミナーでは、日頃の業界で飛び交っているような言葉は、ほとんど使いません。ビジネス用語の氾濫に圧倒されて帰宅したぼくでしたが、収穫はありました。

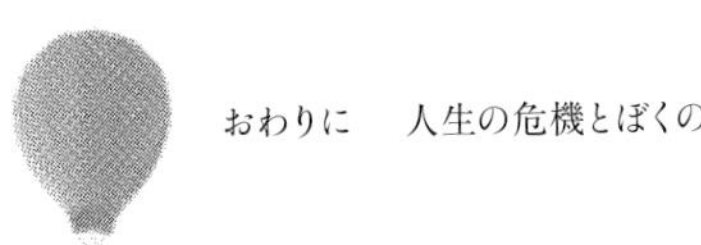

「これからの家づくりの考え方は変わる、これに対処するには『住宅のあるべき姿を新たに勉強する』ことからはじめなければならない」と痛感したことでした。これが、建装という工務店を大きく転換させる契機になりました。

こんな体でも生きる力は自由

ぼくの生き方・考え方に、自慢できるような特別なものはありません。それでも、そういうぼくにいえることが、一つだけあります。いまの自分を支えてくれている信念のようなものです。

リハビリに取り組む過程で、「いまの自分にできることはなにか」、「他者の協力が必要なことはなにか」など、ぼくは細ごまとしたことを考え、そのうえで再生計画をたて、最終ゴールを設定しました。そうして諦めることなく地道に行動した結果が、いまのぼくです。行動を積みあげ、継続してきた結果が、ここまでぼくを成長させてくれたと考えています。

突然に退職した妻いく子の決心

いまの生き方も考え方も、事故後のリハビリに取り組む過程で体得したものです。「楽しくない体だから、楽しくなれるように行動する」、積極的に生きるには、この考え方しかありませんでした。

目的・目標は達成するまで諦めずに取り組む、そうしてやりきったことはたとえ失敗しようが、自分の貴重な経験になる。そのように考えて、この生き方を延々とつづけようと決意し、ここまで通してきました。この決意がぼくの気持ちを支えてくれています。

ここまでのぼくの生きざまは、ぼくの勝手な「思い入れ」と「思い込み」をもとに計画・行動してきた結果です。しかし、現在の家族や会社は、ぼく一人が生み出した成果でないことは、明白です。

車いす生活となってほぼ一〇年後の二〇〇五年初冬のころでした。車いす生活者には稀にあることですが、バキッという音とともに、左肩の腱を切ってしまいました。左肩腱板断裂です。「痛みは過ぎ去ると忘れる」などといいますが、それは嘘です。あのときの痛みは、いまも忘れません。だらりと腕を下げていれば痛みはないのですが、少しでも腕を上げようとすると、とんでもない痛みを伴います。激痛が走ります。

腕を机に乗せることもできず、字を書くには右手で左腕を持ち上げて机の上にそっと乗せるのです。腕が動かないよう注意も必要です。食事はできましたが、トイレ、浴槽、ベッドなどへの移乗には、そのつどとんでもない痛みで自由を奪われます。

「痛い、痛い」と叫びながら、それでも移乗できました。ところが、両手が必要な車の運転はできません。車は唯一、自分の意思で自由に、疲れることもなく、人に依存することなく遠くにまでぼくを運んでくれる手段でした。自分らしい行動を支えてくれる頼もしい武器でした。自分を表現する分身のような存在です。

このままでは、仕事もできません。病院に相談すると、「手術してリハビリすれば六か月くらいで退院できるけど、どうする?」。「完治しても、また同じことが起こる可能性もあるけどね」。

「ほかに方法はないのか」と尋ねたところ、「いつになったら実現するかわからないけど、痛みをこらえて動かしているうちに、腱板周辺にある筋肉が鍛えられて腕を上げる力を補うようになる」というのです。「だから、そのままがんばれ」というのです。

辛いリハビリに耐えて社会復帰し、それなりの収入を得られるまでになったぼくの選択・判断はもちろん、「それなら頑張る」。この決断は間違いではなかったことを、最近になって知りました。その後、知りあいの大工さんも、同じような症状で手術してほぼ一年のリハビリに励みました。けれども復帰叶わず、やがてリタイヤしました。三年前のことでした。もう一人の車いすの人は、昨年暮れに入院、手術しましたが八か月たった現在も退院の目途はたっていません。

しかし、この決断はぼくたち夫婦のあり方に、大きな痛みをもたらしました。このままでは仕事が思うようにできないことから、夫婦で話しあいました。呻きのような、心底正直な言葉がぼくの口をついて出てきました。

結果、「収入の少ないほうがリタイヤする」との残酷な結論に達しました。当時の妻は看護師で、年収は五〇〇万円近くありました。妻は、他人の人生を充実させる仕事にプライドがありました。仕事をする充実感、他人のために尽くすことのよろこびのなかで生きていました。それでも、妻は辞めざるをえなくなったのです。二人ともが沈むのではなく、一人が人生を賭けて相方を助けるという決断でした。

もっとも、この結論に抜け落ちていたことがありました。「では、いつ辞めるか」を決めていなかったのです。ビジネスの世界では、期限を決めない重要な決定などは考えられません。大きな収入を捨てるのですから、互いの躊躇も、忖度もあったのでしょう。ところが翌年、二〇〇六年の春、帰宅した妻は一言、「きょうで辞めてきたからね」。このとき、妻は五六歳！

以後のぼくは、妻の補助・介護を受けながら痛みとともにすごすこと約三年。ぼくの仕事は、生活に困らないまでに回復しました。それからのぼくは、妻のぶんも含む収入の確保をめざし、いっそう精力的に動き回りはじめました。いよいよ二人三脚の

暮らしがはじまりました。どこに行くのも二人でした。東京のセミナーに参加するのも二人でした。東日本大震災に立ち向かったのも二人一緒でした。この本を読んでいただいている方には、おわかりいただけるはずです。いうまでもないことですが、妻にはお礼の言葉もありません。

自分の人生は変えられる

障碍者支援をしているなかで気づいたことがあります。「他人の心は変えられないが、自分の人生は変えられる」ということです。

これが正しければの話ですが、障碍のある方にも、同じことがいえるかもしれません。自分のこれからの人生をどのように想定するかは、積極的に生きるうえで不可欠です。目標こそがたいせつです。その次に、自分が描く未来の実現にはなにが必要で、なにをどうしなければいけないのかを明確にするのです。自ら行動しなければ、未来はなんにも変わらないからです。自身の人生を決めるのは、家族でもなければ、友人でもありません。自分以外のだれでもない、あなた自身です。

これを実際にやろうとすると、正直「怖い」と感じます。それでも行動したほうが、もっと刺激的に生きられ、楽しくなれると思います。ぼくがそうでした。

人は一人で生きているわけではありません。周囲の人たちは、障碍者のあなたがどのような状態であろうとも、多くの人と交わりながら行動してほしいと願っています。ぼくはたくさんの人たちに助けられ、支えられ、ここまできました。ですからこんどは、「ぼくにできることがあればお手伝いしたい」と思っているのです。

決めるのはあなたです。行動を起こすのもあなたです。ぼくは、障碍者、健常者を問わず、みなさんにそのように伝えるようにしてきました。

経営の大転換と新しい目標

長野県での工務店説明会につづいて、翌年には約五〇社を集めての三泊四日のセミナーが、東京で開催されました。集まった工務店のほとんどが、年間二〇棟以上の建築実績のある工務店でした。当時の建装は、たかだか年間二、三棟の超弱小の工務店でした。そんな工務店の参加はぼくだけで、しかもいちばんの高齢者で、障碍者でした。セミナーは、朝八時から夜の一〇時まで行なわれ、最後に新たな提案・案内がありました。

その場に集まった工務店だけで、こんごの住宅づくりに必要であろう知識や考え方、商品のつくり方、見学会開催のやり方、DMやニュースレター、チラシのつくり方などのノウハウとコンテンツをみんなでつくってはどうか。そうして実践した各社の結

果をみんなが持ち寄り、それをまたよりよいものに改善する。そのような集団をつくりたい。みなさん、ぜひ参加してくださいという案内でした。

勉強のために六年つづけた東京通い

「信頼塾」と名づけられたその会は、東京で月一回開催し、一日六時間で月一九万八〇〇〇円の会費、そのほか年二回は国内のどこかで三泊四日のセミナーを開催し、テーマと場所と参加費はそのつど決めるという内容でした。

三三社が集まった「信頼塾」は、ぼくにはとてつもなく高い金額でした。迷った末、最低二年はつづける覚悟で申し込むことにしました。毎月多額の費用が必要なうえ、ぼくにはもう一つの問題がありました。

一人での行動が難しくなっていたのです。車いすの利用者の多くが経験するお尻の褥瘡(じょくそう)、床ずれができていました。寝たきりの状態や車いす生活などが原因で、一部の皮膚に圧力が持続してかかり、皮膚の血流が滞ることで生じる皮膚の病変です。充分な血流がないと必要な栄養や酸素が皮膚に行き渡らず、皮膚の表面が壊死(えし)するのです。悪化すると傷口から細菌が侵入して感染症にかかり、死に至ることもあります。

車いすから移乗するには、妻の介助が必要でした。そんなこともあって、動くには妻と二人でなければなりません。交通費は倍になるし、前泊しないと体力がもちません。それに、泊まれば欠かせない食事とお酒は外食になります。

塾で勉強した内容を帰りの新幹線で振り返り、いま取り組めるのはなにかを具体的に決めて、そのスケジュールをつくることが定例になりました。あとは実行するのみ。この行動と思考のパターンが定着しました。

年間二棟の工務店からの飛躍

「信頼塾」に通いはじめて二年目に、建装独自の商品をつくります。二〇一三年です。当時、高断熱高気密の省エネ住宅が少しずつ求められるようになっていたのですが、山形の地元の工務店はまだこの分野に注視していない、競争相手は少ないとみたのです。フランチャイズ方式で省エネ住宅を売るビジネスシステムの店はいくつかありました。それでも、可能性は高いと踏んだのです。「自由設計でありながら性能は高く、同じ性能であれば地域でいちばん安く提供する」ことをコンセプトに、独自に省エネ住宅をつくることにしたのです。

しかも、「この仕様でいくらです」と価格を明確にして売ることにしました。これまで培った知識が役にたったのです。「ママ思いの家」と名づけた商品は、毎月開催する

ことに決めていた「住宅見学会」で披露します。

最初に建築させていただいたお客さまは、スノーボードが原因で脊髄を損傷した若い男性教諭のご自宅でした。リハビリにも社会参加にも積極的な方で、ご両親が熱心に後押しをされた結果、その後もずっと教諭をつづけ、現在は退職後に備えていろいろな資格取得に余念がないようです。

このあと、すべての性能を高めた高性能住宅「ここち」も売りはじめました。四年後の二〇一七年には、当初目標の年間二〇棟の建築を達成し、その他にもリフォームが年間三、四〇件あることから、障碍者のぼくと社員四人にパートさん一人の六人がフル稼働の状態でした。

こうして順調に成績を伸ばし、会社の経営も安定しはじめたころになると、ほかの工務店も同じように省エネと耐震機能を売りはじめます。市場は価格競争に走りはじめることになります。もちろん建装も巻きこまれますから、そのなかで新たな方向性を探りはじめます。

高性能高耐震はすでに当たり前、デザインもよく、自然素材なども出はじめます。ガーデン・デザインなども充実して、人の暮らしにフォーカスした住宅設計・建築の流れができてきました。そんなときです、二〇二〇年にいきなりコロナ禍に襲われます。ぼくは、大きな決断をします。

コロナ禍で人の行き来が少なくなると、見学会や展示場でお客さまを獲得することが難しくなるのはあきらかです。すると、ほかの工務店は経費削減のためにまずは宣伝を控えるだろうと考えました。しかし、そんななかでも家を建てたい人は必ずいるはずだ、ならば建装はこれまでと変わることなく見学会を毎月実施しよう、と決めました。

お祭り騒ぎの見学会は、コロナ禍にあわせて完全予約制などの対策をとりながら開催することにしました。その後もコロナ禍は大きくなって、集客はますます難しくなりました。業績は平行線をたどりながらも、それでも収益を伸ばすことができたのは、スタッフみんなのがんばりのたまものです。

「信頼塾」だけでは足りなかった

「信頼塾」の最初の二年間は基本的な勉強に集中しつつしくみづくりに専念、三年目からはそれを実行に移した結果、「信頼塾」六年目で当初の目標、「社員五人で年間二〇棟を完成、引き渡しする」までに成長していました。

「信頼塾」で迫られた覚悟と得た知識・体験、それに交友関係が、その後のぼくをすべての面で助けてくれたことは、いうまでもありません。

そんな勉強を進める日々のなか、従来の営業、工法、経営、しくみなど、すべてを変えなければならないことが判明しました。これを計画・実行するにあたっては、リハビリで得た「楽しくない体だからこそ、楽しくなるよう生きる」との考えが生きています。「信頼塾」で経営の勉強を進めるうちに、「塾という場で勉強すれば、工務店の事業はつづけられる。しかし、会社の運営には別の勉強が必要だ」と考えるようにもなります。しかし、経営の勉強をしたくとも時間がない。当時のぼくは、「信頼塾」で得た課題とこれに対処するしくみづくりで手一杯でした。新しいしくみをつくり、それを現場に落としこんで成果を確認する、それを修正・改善するという一連の作業で精一杯だったのです。どうにも身動きがとれない状態でした。

そこで頼るのは、昔から好きだった本しかありません。知りたい内容の本を十数冊買い、一人で勉強しました。しかし、多忙ななかでこんなやり方をしていたのでは時間がもったいない。お金を出してでも、わかりやすく教えていただくほうが物事は早く進みます。「信頼塾」の考え方は、そんなところにもしみこんでいたのでしょう。

なかでも、どうしてももっとくわしく知りたい、早く決めたい、進めたいことについては、その分野のプロに個人授業で教えていただきました。本の著者であれば著者本人に相談して、可能であればぼくが伺うか、うちの事務所にきていただいて、教えを乞いました。

そうして会社の運営に必要な勉強をするうちにわかってきたことは、社長や社員の収入も大事だが、それよりも会社そのものが強くあらねばならないということでした。このことがわかったことで、ぼくの第二の人生の終点が見えてきたと思うようになりました。

二〇一七年ころから、後継者を育てる・育てられない等の問題も含めて会社経営について勉強したぼくは、社員、職人さん、すべての取引先とお客さまのことを考えて、会社存続のあらゆる可能性と方策を本気で探りはじめます。

体調の悪化ともう一つの決断

「信頼塾」で、経営者のみなさんと毎月顔を合わせるようになると、塾生どうしの情報交換も活発になります。個人的な話に花を咲かせることもあります。そういうなかで、もう一つ気づいたことがあります。信頼塾に参加されている経営者の多くに、過労で倒れて救急搬送された経験があることでした。

ぼくの頭にも不安がよぎります。これからも、いまのような時間の使い方で仕事をしていたら「いつかは俺も倒れることがあるんだろうな」。そんなことを思いつつ、ま

すます仕事にのめりこんでいました。そうしたところ、やっぱり待っていました。

どういう選択をするかを決めるのも、やはり勉強からはじめました。手はじめに当時から少しずつ注目されはじめていたM&Aのセミナー等に参加して方向性を探りはじめたのですが、二〇一六年ころから、ぼくの体に異常が出はじめました。

経営の一線から身を引く

二〇一二年五月にはじめた「信頼塾」への参加は、以後六年間継続しました。その勉強のための一泊での東京通いは月に二、三回はあたりまえで、四、五回通うような月が一年ちかくつづくこともありました。二〇一四年ころからは、「信頼塾」で得た経営の知識、考え方、しくみのつくり方などのすべてを実践することで、遅ればせながら成果も出はじめていました。

準備、段取りは辛く苦しいけれど、仕事が楽しくてしようがない、勉強したことを現場で試してみたくてしようがない日々でした。このころの勉強と仕事は、まるで麻薬のようなものでした。いつか仕事で倒れて死ぬかもしれないと感じつつも、一年のうち、仕事を休むのは四日か五日。こんな毎日を送っていました。

このような日々と行動は、いつしかぼくが経営の一線から身を引くきっかけをつくり、現実にそのような決断を迫られることに繋がりました。

過労の悪化で救急搬送をくり返す

体調悪化の兆候は、二〇一六年から表面化してきました。その年の一二月、過労が原因で県立中央病院に救急搬送されました。年の瀬の忙しい時期に、二週間の入院を余儀なくされます。

翌一七年も、同じ一二月に過労が原因で県立中央病院に救急搬送されて、二週間の入院となります。このときは、過労で体のバランスが崩れたことで、ぼくの体から塩分のほとんどが抜けてなくなっている状態でした。

このときのことをいま考えると、ぼくはまるで生きる屍のような状態でした。生きている、食事もしている、職員とも話をしている。しかし、ぼくにはそういう行為をしている意識がなく、カレンダーの大きな文字は見えているものの読めないのです。

一〇日くらいその状態がつづいたのちに、「あッ、俺は生きてる！」という感覚をなんとかとりもどしました。それでも無理を重ねていたことから「お前、死ぬ気か」と医師や周囲の人たちにいわれるありさまでした。これが最初の生死の危機でした。

ふたたび死の淵からの生還

翌一八年には、過労が原因の心臓病が見つかりました。検査の結果、大動脈の置換、不整脈、三尖弁逆流で尖弁の一枚の置換、この三つを同時に手術することになりました。三尖弁逆流というのは、血液の逆流を防止する弁がうまく機能しないことがもたらす病です。

手術の二日前に入院するまで青息吐息で仕事をしていたぼくは、入院当日の検査結果を見た医師からは、「あと一日遅れたら大動脈瘤が破裂して死んでいたぞ」といわれる始末。

手術には人工心肺装置を使い、心臓を止めて手術をします。「手術には一二時間が必要。しかも、心臓を止められる最大は三時間だが、四時間三〇分は止めなければならない」という。家族には、「ほとんど助からないと覚悟しておいてほしい」という主治医の話が伝えられました。

くわえて、学界や後進にデータを残したい事例だから、「手術の最初からビデオ撮影して公開させてください」との依頼。心臓の状態や手術のことなど、なにもわからないぼくは、「役にたつのであれば」と、軽い気持ちでサインしたものです。

「助からない手術」とわかっていながらの家族たちあいの手術は、翌日早朝にはじまりました。家族は待つこと七時間、待合室にいる家族のもとに予定よりも早く届いた連絡に「ぼくが死んだ知らせか！」と家族は思ったそうです。ところが、「手術は無事終了」、「生きている」との知らせ。それまでの緊張から、家族は体が崩れ落ちるほど安堵したといいます。

心臓を開いた結果、幸いなことに三尖弁は温存できるとの判断がくだされたのです。もっとも時間のかかる手術を回避できたことで、手術時間が大幅に短縮できたのです。こうして、ぼくは二度目の危機も生き延びてしまいました。

三度目の「お前、死ぬよ」

その後も、ぼくの頭は仕事という麻薬に侵されたままでした。変わりない日常をすごすものの、翌一九年には、車いすの人の天敵ともいえる褥瘡（じょくそう）、床ずれをお尻につくってしまいました。しかも、それを無視して仕事をつづけた結果、そこから感染症を患ってしまったのです。またまた夜中に救急搬送された結果、「いますぐ手術しないと、朝までには死ぬよ」といわれて夜中の緊急手術。それでもぼくは、命を三たび取り留めました。「こんなことしていたら、お前、死ぬよ」といわれた三回目です。

これだけでは終わりません。翌年二〇年には、こんどは大腸癌が見つかり、それも

ステージ二と三のあいだ。「腹腔鏡手術も可能だが、どうしますか」の問いに即座に、「開腹して、先生の目で実際に見て、ここまで切ったら大丈夫というところまで切り取ってほしい」、そうお願いしました。この結果、予後の治療はいっさいなく、いまは長さが半分になった大腸と仲よく元気に暮らしています。

そんな体調のぼくですが、いまではすべて完治して、元気です。

このように過労が原因で二〇一六年から毎年、救急搬送されて入退院をくり返したぼくの体は、最後は癌で締めくくられました。体力の限界とともに、ぼくは精神力も気力もつづかないことを悟りました。体が弱れば、心も弱ります。

事故から二八年、会社を売却し引退する

こうしたことを経験しつつ、建装の経営はそれなりに成長するなか、いろいろ検討した結果、M&Aに応じることを選択して、二〇二一年一〇月八日に日本を代表する総合エレクトロニクスメーカーの地元関連会社にバトンを渡しました。やっと現役を引退することができました。一九九三年一一月七日の事故以来、じつに二七年一一か月が経過していました。

これをもって、ぼくの第二の人生を閉めることができたのです。

楽しく生きた半生だったか？

多くの方に迷惑をかけたぼくの人生ですが、つねに意識していたのは、「社会に責任をもつなら、最後までがんばりつづけなければならない」でした。そして、ここまでつづけることができたのは、事故後に習得した、「楽しくない体だからこそ、楽しく生きることにした」の考えでした。その裏返しが、「ここまでがんばればもっと楽しい景色が見られるはず、だからもう少しがんばってみようよ」。リハビリをはじめて以来、取り組んできた考え方です。

楽しいことは、ぼくのいちばんの好物です、大好きで、たいせつなものです。だからつづけられたのです。ぼくなりに充実した人生になったのは、この気持ちがあったからだと考えています。

人に恵まれたぼくの半生

ぼくは恵まれていたと思います。ただ心の赴くままに行動していた第一の人生を送るなかで、大きな失意もありました。会社組織にする前から一緒に仕事をしていた親友であり、相棒でもあった人に大金を持ち逃げされたうえ、社員も連れていかれると

いう裏切りにあいました。そうして心が折れそうになったときに、年配の経営者で損害保険会社の社長さんがそばにいました。

以後も、折々の悩みに沈みかけるぼくを導き、答えてもらえるアドバイザーと、精神的なサポートや助言・指導をしていただけるメンターが、ぼくの前に何人も現われました。北海道の玉木輝義先生も、そういうお一人です。地元の国会議員や県会議員、経営者などの相談役をたくさんされている方です。個人的におつきあいさせていただき、主に家族のことで相談したものです。

原田憲一先生は、文中で何度も登場していただきましたが、第二の人生の場面だけでなく、その後もあらゆる面でサポートしていただいています。器の大きい人の物事の考え方を、身近にいて教えていただきました。最近ではメンタル・セラピストの溝口耕児先生に、人の適性と潜在能力の引き出し方と活かし方、そしてアンガー・コントロールなどを教わるなど、つねにすばらしい方たちがいました。人間の自然な感情である「怒り」とうまく向きあえるように開発された、怒りをコントロールする手法がアンガー・コントロール、あるいはアンガー・マネジメントです。

ぼくがどうしようかと悩んだときに、鮨屋のオヤジの板垣典和さんは、いつもナイス・タイミングで情報をくれました。「これからも大工仕事で食っていける！」と励ましつづけていただいたお客さま、経営のおもしろさという麻薬を処方してくれた「信頼塾」……。ぼくには、本も情報も、そのほかすべてがメンターであり、アドバイザーだと考えています。

もう二人、忘れてはならない人がいます。ぼくの親父の近藤啓一、それに妻いく子の親父さんの村上順平さんです。こうしてぼくを支援してくださった方たちは、知識もないぼくに多くの経験と機会というチャンスとを与えてくださいました。おかげさまで、これを困難と苦難を乗り越えるぼくの力にすることができました。

人生のステージを振り返ると

「いい家をつくりたい」の一心で、本能の赴くままに、時と人に流されながら仕事をし、得られた利益を楽しみのために闇雲に消費して楽しんできたのがぼくの第一の人生でした。この経験から第二の人生では、「楽しくない体だからこそ、楽しく生きることにする」の考え方が生まれたことに、この本を書いているうちに気づきました。

それは、「なぜこんな体になったか」を考えるのでなく、苦しいときでも楽しむためには「なにをどうすれば」、「そのためにはこうする」をいつのまにか体得していたからではないかということです。

第二の人生は、生きているがなにもできない、声を出せるだけの第一の人生とは真逆の混乱からはじまりました。それでも、「なぜ俺がこんなことに」の原因はハッキリしていたので、その部分で落ちこむことはありませんでした。この状態で感じることは、この先どうなるかわからないが「ものすごくたいへんだろうな」という切迫感、これが強かったことだけは忘れません。

そんなときでも多くの支援者が現われたことで、気のもちかたを変えることができ、「働き納税する」、「もう一度気球に乗る」と決断できたのです。このとき、もう一つ決断したことがあります。そのためには、わずかの蓄えでしたが、そのすべてを使ってもよいという決意です。目的達成のために自分に投資する決断です。この覚悟はいつの間にかぼくの体にしみこんでいき、自分のこんごのため、仕事のための自分への投資と消費を意識できるようになっていたのです。その原点もやはり、「楽しくない体だからこそ、楽しく生きることにする」でした。その後多くの課題が出てきても、悩むことなく問題に向き合い、取り組むことができるようになったのも、やはりこの生き方がぼくには合っていたからだと思います。

熱気球のすばらしさを知らず、どこにでもあるような工務店のオヤジのままのぼくであったら、この本のような出会いや経験をしていただろうかと問われれば、たぶんできなかったと答えると思います。もちろん、だからといって「ケガをしてよかった」とはなりません。

障害の原因となる遊びに誘った方たち、気球の関係者、お客さま、社員、友人、そしてなによりも家族には途方もなく大きな迷惑をかけてしまいました。いいわけのしようがありません。このように多大な迷惑をかけた方たちにお詫びする心で、その善意の心にどう応えるかという責任感で考え行動した結果が、いまのかたちになったにすぎません。

多くの学びを得られた第二の人生で「感謝」と「人との繋がりの大切さを知ったこと」をこれからの日々に生かし、残された人生を楽しみたいと思います。

あとがき

ここまで読んでいただき、ありがとうございます。

もしかしたら、「お前には一貫した人生の将来像のようなものはないのか？」と感じられた方もいるのではないでしょうか。しかし、ぼくなりに一貫した考え方はもっているつもりです。「これから」あるいは「いま」、確実に必要とされるサービスを、ほしい現場の要求に応えてきたつもりだからです。

市場は、老人世代のように巨大な存在もあれば、中途身体障碍者のぼくのように限定的な規模もあります。それでも、「いま効用がほしい」ユーザーに、ぼくと仲間たちは、それを目の前で、確実に提供してきました。

今日まで、多くの障碍者の方と関わることができました。そうするなかで感じたことが一つあります。まだまだ働けるのに働かない障碍者の方が、あまりにも多いことです。もちろん、いろいろな事情はあるでしょう。しかし、不完全な身体状況であっても、社会の一員として働くことでなにかしら貢献しつつ収入を得ることができれば、日常はいまよりもっと楽しく、刺激的にすごせるのではないか。この拙い書籍で、そのことに気づいていただけたらうれしく思うのです。

これからのぼくは、これまでとは違うかたちで障碍者支援をつづけます。これまでは、ぼくの都合で関わりをもってきましたが、これではぼくを知る機会のない方にはメッセージも支援の手も届きません。しかも、多くの人に届けるには限界があります。そこで支援に必要な異なるスキルのある四名が、障碍者の暮らしを同じ想いで支える事業を展開することにしたのです。これを「チーム 家Ｌａｂｏ」と命名して、「多様性社会の一翼を担う」目的で障碍者支援事業を計画したのです。ぼくたちは、すでにこれを実行に移しつつあります。

具体的な構想は現在進行形であることからくわしくは書けませんが、目標はやはり障碍者支援です。今回は少し年齢層を拡げ、子どもさんの成長の過程でぼくたちのチーム、組織の名前と形態は検討中ですが、就学から就労までを一貫してサポートできる組織づくりを考えています。

あなたとは、ぼくたちが必要となったときにお会いしましょう。

ぼくは波乱の多い第二の人生を送りましたが、二〇二一年一〇月七日に、ぼくの半

生に満足して引退することができました。将来がどうなるか、だれにもわからないますごしてきた二八年の第二の人生でしたが、ここに至るまで、各方面の方がたから多くの支援と機会をいただきました。

ぼくの工務店人生で忘れてはならないお二人がいます。

鹿野淳一さんとは、ぼくが親父の弟子の時代からのおつきあいで、会社の社長を務めていらっしゃる方ですが、建装を会社組織にしたときには株主をお願いしました。協働組合の設立にも加わって理事に就任いただき、のちにNPO法人を設立したときも同じく理事として参画していただきました。鹿野さんは、山形県管工事組合の理事長を長年務め、三・一一の震災時には率先して復旧に尽力された功績によって、二〇二二年に皇居で黄綬褒章を授与されています。

もう一人の五十嵐慶三さんは、創業四〇〇年以上もつづく山形県でも有数の老舗のご当主です。おつきあいは親父の代から現在の建装まで、いちばん長く取引がつづいています。組合、NPOのどちらも理事をお願いして現在に至ります。

お二人には、長年おつきあいいただき、時宜に応じたアドバイスをいただくことで、ぼくの工務店人生を締めくくることができたと、深く感謝しております。

原田憲一先生には、ぼくのアメリカでの治療に際してご同行いただき、多くのアドバイスをいただき、人物の大きさを学びました。ぼくの思いを本の形で表現するために、京都通信社代表の中村基衛さんをご紹介いただきました。中村さんには、ぼくの話し口調の文章を、だれもが読みやすい表現にする的確な手を入れていただき、このように素敵な本になりました。感謝申しあげます。

満月鮨の板垣典和さんには、ぼくが障碍者になったことで大きな責任感を担わせてしまう結果となりました。しかし、ぼくが必要とするものをなぜかオヤジはいつも具えていて、そのつど提供していただきました。リハビリがスムーズに進んだのも板垣さんのなせる業の一つです。そのことが現在のぼくの活動に繋がっていることは、ぼくがいちばん理解しています。

さらには、コラムの執筆を気持ちよく引き受けていただいた友人、それに息子の啓太郎と娘の五月、なによりも妻のいく子には、これまで計り知れないほどの心配と苦労をかけてしまったことを、ほんとうに申しわけなく思っています。

それでも、ぼくにはまだ最終目標があります。みなさんから、「近藤敏明は、晩年がいちばんいきいきしていたよね」と思われるような生き方をしたいのです。そういうぼくですから、もう少しおつきあいください。

近藤　敏明

■著者 近藤 敏明（こんどう・としあき）の紹介

1950年、山形県山形市に生まれる。18歳で大工見習として父親に師事。26歳で棟梁、1982年には3代つづいた自営業を「株式会社建装」に改組し、代表取締役に就任。1993年、熱気球事故で重度の障碍者となるが、アメリカでのリハビリなどを経て現役復帰。障碍者の視点で、暮らしの環境づくりを提案する講演会やワークショップを開催。98年、本業の建築と障碍者に快適な住空間の創造をとおして障碍者を支援する組合を立ち上げ、理事長就任。2006年、福祉事業社を調査するNPOを共同で立ちあげ、副理事長に就任。2011年の東日本大震災後は、住宅事業に専念する。2021年にM&Aで自社を譲るも、組合やNPO法人を通じて現在も障碍者の社会参加を支援している。

楽しくない身体

事故で半身不随になった男の決意と消えぬ夢

2023年6月23日　初版第一刷発行

著者 ——— 近藤敏明

発行人 ——— 中村基衞

発行所 ——— 株式会社 京都通信社
京都市中京区室町通御池上る御池之町309
郵便番号 604-0022
電話 075-211-2340

印刷 ——— 共同印刷工業株式会社

製本 ——— 大竹口紙工株式会社

Printed in Japan
ISBN978-4-903473-29-1　C0047

◎書店にない場合は、
京都通信社のホームページからお求めいただけます